# 無惨百物語

てぉくれ

JN167256

角川ホラー文庫
19192

# まえがき

「気づき」なる言葉が昨今は流行《はや》っているらしい。なにげない日常の出来事から、生きるヒントや人生の心得などを発見すること、もしくはその瞬間をさすようだ。

突然このような話からはじめたのには、れっきとした理由がある。怪談実話や怪異譚《たん》の世界でも最近、この「気づき」が顕著になっているように私は感じているのだ。

忘れかけていた過去の思い出をふりかえったとき、「そういえば、あれはいったい」と、説明のつかない奇妙な事実に気がつく……そんな報告を、メールや手紙で頂戴《ちょうだい》する機会が増えているのである。もちろん終わった出来事であるから、気づいたときにはもう確かめるすべなどない。だが「気の所為《せい》だ」と受け流すにはあまりに気味が悪い。そんな「怪異の発見」とでもいうべき報告が、次々と舞いこんでいるのだ。思いだしてしまった当事者も落ち着かないだろうが、受け取った私とて良い気分はしない。確かめられない答え、ぬぐえない奇妙な余韻。そう、気づいたときには、「ておくれ」なのである。

本書では、そんな「怪異の発見」を百話選んで読者諸兄にご紹介したいと思う。麻袋の裂け目から零《こぼ》れる砂のように、静かに日常へまぎれこむ異物をお楽しみいただきたい。百一話目があなたのもとへ訪れないことを、祈りつつ。

# 第一話　はヂめ

その夜。本書の原稿を九割がた書きあげた私は、話順をどうすべきか悩んでいた。

百物語はそれぞれの持ち味もさることながら並べる順番が重要になる。適当な配置で大ネタが霞《かす》む場合もあれば、小品が前後の逸話と連動して意外な怖さを生むときもある。それゆえに、百話をどう並べるかは毎回悩みの種なのだ。

一時間ほどであらかた配置を決めたものの、私は第一話をどれにするか決められずに頭を抱えたままだった。候補は数話あったがどれも決め手に欠ける。はじめに読む話であるから、本書の方向性が伝わると同時にそれなりのインパクトがなくてはいけない。

どうすれば良いものやら。

八方塞《はっぽうふさ》がりのままモニタをぼんやり眺めていた、そのときだった。

「へ」

見慣れぬ名前のデータが、ぽつんと置かれている。

《はヂめ》

怪談実話を書く際は、あとから混乱をきたさぬよう題名をそのままデータの名前にしている。であるから、たいていの話はデータ名を見れば容易に思いだせるはずなのだ。

だが、《はヂめ》という題名にはまるで憶《おぼ》えがない。ためしに開いてみると、それは別な名前をつけたはずの怪談話であった。

打ち間違えたのかな。ファイル名を正規のものへ変更し、作業を再開した。

ところが、いつの間にかデータは《はヂめ》という名に戻っている。何度変更しても、結果は同じだった。

ふと、考える。もしかして、この話は「最初に紹介しろ」と言っているのではないか。小説やルポなら一笑に付すところであるが、書いているものがものだけに看過する気にもなれない。結局、私は「見えざるモノ」に促されるまま、《はヂめ》を本編の第一話に据えた。それが、次の話である。

順番を決めたと同時にデータが正規の名前へ戻った旨も、併せてお知らせする次第だ。

# 第二話　息子の墓参

半年ほど前、Ｆさんは当時交際していた男性と、彼の家の墓参りに赴いた。

「翌年結婚をするにあたり、亡くなったお義父《とう》さまに挨拶《あいさつ》を、という話になったんです。そのときは〝家族思いの優しい人だな〟なんて思っていました」

朝方に雨があがったばかりのひんやりとした墓所を進む。Ｆさんは花束と線香、ボーイフレンドの男性は日本酒の一升瓶を二本、左右の手に握りしめていた。

やがて男性は、苔《こけ》むした墓石の前で足を止める。石の表面には彼と同じ苗字《みょうじ》が彫られていた。いかにも旧家然とした、慎《つつ》ましくも趣きの漂う墓であったという。

「結婚する前に、我が家のしきたりに慣れてほしくて」

そう言いながら、ボーイフレンドは一升瓶の紙包みを破き、蓋《ふた》を抜いた。

「しきたり」

鸚鵡《おうむ》がえしに呟《つぶや》いたＦさんへ無言で頷《うなず》くと、彼は手にした日本酒を墓石のてっぺんから勢いよく注ぎはじめた。またたく間に墓石の表面が黒く染まっていく。

一本目の半分ほどをかけ終えた、その直後。

ごとん。

墓石が、左右に動いた。子供が椅子を揺すって遊んでいるような動きだった。

絶句する彼女に構わず、ボーイフレンドは残りの酒をびたびたと浴びせ続ける。墓石の揺れがさらに大きくなり、いまや倒れんばかりに右へ左へと傾いていた。

これが、しきたりなのだろうか。私が慣れるべきしきたりなのだろうか。

動揺を必死に堪《こら》え、Fさんはつとめて明るい声で彼氏に話しかけた。

「お、お義父さん……日本酒がお好きでいらしたのね」

酒を注ぐ音がふいに止み、彼氏がこちらを振り向いて静かに笑う。

「親父、一滴も飲めなかったんだ。地区の宴会に出た翌日は夕方までえずいていたよ」

憎しみなのか悦《よろこ》びなのかはよく解らない。とにかく、いままで目にした記憶のない彼の表情が、まるで他人のように思えたそうだ。

「死ね、死んでも死ね」

低く呟いて、彼が二本目の酒をかけはじめた。墓石はあいかわらず揺れている。

その様子を、ふたたび降りだした雨に濡《ぬ》れながらFさんはじっと眺めていた。

ふたりは今年、一緒になる。夏にはまた墓参りへ赴く予定だという。

# 第三話　キャラメル

Kさんが、三歳になる娘のマナカちゃんを連れて買い物に出かけた、その帰り道。

「ママ、キャラメルってどうやって作るの」

突然、マナカちゃんがエプロンの裾《すそ》を引いた。

「どうしたの。キャラメルはねえ、お砂糖を熱くして溶かしちゃうのよ」

我ながらアバウトな説明だと内心で苦笑していたKさんへ、マナカちゃんが微笑む。

「じゃあ、おうちもキャラメルになったんだね」

「なあにそれ、マナちゃんおかしなこと言うねえ」

笑いあう母娘《おやこ》のかたわらを、サイレンを鳴らして数台の消防車が駆け抜けた。


帰ってみると、アパートは炎に包まれていた。

「火事でした」

隣人の寝たばこが原因だったがKさん一家の部屋にも延焼し、家財も貯金も飼い猫も、すべて焼けてしまったという。

熱でどろどろになった部屋は、まさしくキャラメルのようであったそうだ。

「あれから、娘がすこし怖いですね」

Kさんはそう漏らすと、真横でアイスクリームと格闘している娘の頭を撫《な》でた。

# 第四話　ぴっぴこちゃん

子供にまつわるものでは、音声マンのRさんからこんな話もうかがっている。

ある日、彼が帰宅すると、四歳になる娘のレイちゃんが「今日も一緒だね」と笑った。

「なにが」

そう訊《たず》ねるRさんへレイちゃんは「これ、ぴっぴこちゃんだよ」とふたたび微笑んだ。

なんでも、Rさんの近くには最近、《ぴっぴこちゃん》がいるのだという。

「パパと一緒に、ぴっぴこちゃんも帰ってくるの」

「アニメのキャラクターかな」と思い詳細を訊《き》いたものの、レイちゃんは「ぴっぴこちゃんは、ぴっぴこちゃんなのッ」と地団駄を踏むばかりで要領を得ない。

気にはなったが、妻から「夕飯すませちゃって」と促され、その日はそれで終わった。

数日後。家へ帰ってくると、レイちゃんが床に寝そべってお絵かきに興じていた。

「なぁに、かいてるの」

父親の優しい問いかけに、愛娘《まなむすめ》は満面の笑みで画用紙を広げた。

針の山を思わせる曲線が、紙いっぱいに描かれている。

「ぴっぴこちゃんだよ」

「最近、この子こればっかり描いているのよ」

妻が漏らす。そのときはじめて、ぞくりとしたものを感じた。


それからさらに数週間が過ぎた、ある夜。

「ただいま」

玄関のドアを開けるなり、リビングからレイちゃんの泣き声が聞こえてきた。

「ぴっぴこちゃんが、ぴっぴこちゃんがいなくなっちゃった」

涙を流す娘の傍らには、ぼろぼろの画用紙が転がっている。困惑顔の妻が「夕方、突然これを描きはじめてから……ずっと泣いてるの」と呟いた。

画用紙には、子供が描いたとは思えないほどまっすぐの直線が何本も引かれている。

「ぴっぴこちゃん、ぴっぴこって言わなくなっちゃった」

レイちゃんの言葉に、Rさんは思わず声をあげた。

彼はその夕方、長らく療養していた同期社員の最期を病院で看取《みと》ったばかりだった。

半年ほど前に癌で入院してから、週に何度も見舞っていた社員だった。

「なんとなく確信しているんです……娘の描いていたアレね」

心電図のモニタじゃないのかなって。

その日以来、レイちゃんは《ぴっぴこちゃん》を二度と描かなくなったそうである。

# 第五話　おもしろあそび

病院と子供に関連したものでは、こんな話もある。

ある女性が、風邪に罹《かか》った我が子を深夜の総合病院へ連れていったのだという。

薄暗い待合スペースで診察を待っていると、隣に座る息子が袖《そで》を引っ張った。

「おかあさん、こうすると面白いよ。面白い遊びだよ」

我が子は笑いながら、ガクンと勢いよく顔を俯《うつむ》かせて、上目遣いで前方を睨《にら》んでいる。

「なんのこと、お熱あるんだから騒がないで」

「やってみて、やってみて——」

急《せ》かされるまま女性は首を落とし、視線だけを前方へ戻した。

「い」

無人の長椅子に、数人分の足が見えた。

細い足首には豹《ひょう》柄のような斑点《はんてん》が浮かんでいる。生湯葉に似た、たるんだ黄土色の皮膚だった。

驚いて顔をあげたが、やはりベンチは無人である。

はしゃぐ息子の手を摑《つか》むと、彼女はそのまま病院から逃げた。
二日後。くだんの病院に関する事件が、ニュース番組で大々的に報道された。
その病院では前の週、院内感染により複数の入院患者が亡くなっていたのだという。

# 第六話　けむり

三十年ほど前の話だそうだ。

主婦のYさんが団地のベランダでシーツを干していると、ひとり息子のユウ君が真下の芝生から駆けよってきた。

「おかあさん、これ見てよ！」

息子は彼女を見あげながら、手にした透明のポリ袋を振りまわしている。虫でも捕ったのかしら。Yさんが目を凝らしたその矢先、空っぽのポリ袋が内側から突つかれたように暴れはじめた。

ぎょっとして「……どうしたの、それ」と問いかける。母親の狼狽《ろうばい》など何処吹く風で、ユウ君は「あのね！　けむり、つかまえたんだよ！」と笑った。

「けむり……どこで？」

Yさんの質問に満面の笑みを浮かべ、息子が団地の先にある丘を指した。

木立のまんなかを割くように、高い煙突が空へ伸びている。その先端から薄黒い煙がもくもくとあがり、風に巻かれて団地のほうへと流れていた。

火葬場だった。

「ほらほら！　あのけむりをいれるとね、動くんだよ！」

ユウ君がふたたび手を高く掲げる。ポリ袋は相変わらず、右へ左へ跳ねまわっていた。

「息子の手からポリ袋をもぎ取るのに苦労しました。しばらくの間、洗濯物を干すのも怖かったですよ。いまは火葬場も煙がほとんど出ないので助かります」

Yさんはしみじみと頷《うなず》いた。

# 第七話　たっくんと蟻

中学時代、Ｉさんは《いじめ》に遭っていた。

なにが原因であったのかは本人も定かではないという。髪型であったのか言動が気にいらなかったのか、それとも男子生徒とお喋《しゃべ》りしている様子を誤解されたのか……まるで理由も解らぬまま、彼女は同級生の女子グループから執拗《しつよう》ないやがらせを受けた。

授業中に背後から髪を毟《むし》られ、体操着を使用済みの生理用品で汚される。昼食のパンは靴で踏まれて泥だらけになり、掃除時間には雑巾《ぞうきん》を下着のなかに押しこめられた。

ほどなくして、彼女は不登校になった。それでも安寧《あんねい》が保たれたわけではなかった。夢で同級生に遭遇しては飛び起き、目が覚めていても唐突に罵倒《ばとう》を思いだして過呼吸になる。堪《こら》えきれずに自殺を考えたことも、一度や二度ではなかったようだ。

苦しみにもがくなか、彼女はストレス発散の手段を見いだす。

妄想のなかで、蟻を殺すのである。

彼女によれば「いじめっ子の名前を蟻につけて、その名を呼びながら親指と人差し指の腹で蟻を潰《つぶ》していく」のだそうだ。蟻を選んだのは、制服の色や群がっている様子からの連想であったらしい。

お前たちなんか虫けらだ。いざとなったら殺せるんだ。

寝床《かぶ》に潜って呟《つぶや》きながら（もしもいじめっ子に聞かれたらという不安が拭《ぬぐ》えず、布団を被《かぶ》っていたようだ）頭のなかで一匹ずつ、ていねいに蟻を潰す。三十四ほど殺したあたりでようやく不安定だった心が落ち着きを取り戻し、その日は静かに暮らせるのだという。

妄想の蟻を殺しながら、彼女はなんとか精神のバランスを保ち、生き続けた。

不登校のまま中学校を卒業したIさんは、二年ほど引きこもったのちに両親のすすめで通信制の高校へ入学。その後は県外の専門学校へと進学した。やがて彼女は社会人となりしばらくして同僚と結婚、一年後には男の子を出産する。

そのころには中学時代の忌まわしい記憶も遠い過去のものとなっていた。夫となった男性が、すべてを受けとめてくれたおかげだと彼女は語る。

故郷へ戻るつもりはないし、もう思いだすこともないだろう。

半ば確信していた、ある日の朝だった。

庭で洗濯物を干していると、すぐそばで遊んでいたはずの二歳になる長男の姿がない。何処へ行ったかとあたりを見れば、長男は庭の隅にかがみこんでなにやら呟いている。

「たっくん、どうしたの」

新しい遊びでも考案したかと思いつつ、優しく声をかけながら近づいたIさんの足が、止まった。

長男は、巣穴から出てくる真っ黒な蟻を一匹ずつ、ぷちぷちと指で押し潰していた。

息を呑《の》む彼女へ背を向けたまま、しゃがみこんだ長男が再び口を開く。

「これはミホちゃん。これはヨシっぺ、これはユキコ」

すべて、いじめっ子の名前だった。

「たっくん、なんで」

思わず漏らした声に反応し、長男が笑顔を浮かべて振り向いた。

「ユキコはうまくつぶれたよ」

翌週。Iさんは実家の母がよこした電話で、同級生のユキコが死んだことを知った。

母が電話口で読みあげた新聞記事によれば、ユキコは軽自動車で友人とドライブをしている最中、カーブを曲がり損ねて立ち木にぶつかったのだという。

同乗していた友人は、ミホとヨシっぺだった。

長男はその日以降、蟻を殺して遊ぶことは二度となかった。

やんわりとそのときのことを訊《たず》ねても、まるで憶《おぼ》えていないそうだ。

## 第八話　はやいおつきで

Kさんは、特殊清掃を生業《なりわい》にしている男性である。

「おもな仕事は、住人が変死した部屋の始末です。血や便の汚れを清掃したり腐敗した床を綺麗《きれい》にしたり……変死なさった方の〝かけら〟を回収することもあります」

その日の作業現場は築五十年近いアパート。孤独死していた老人の部屋を片づけるという内容であった。

「死体は警察が引きとり遺族に渡すか、身寄りがない場合は専用の墓に埋葬するんです。なので、ホトケさんとは基本的には遭遇しないんですが……」

その現場には、《破片》があったのだという。

部屋の真ん中に置かれたコタツを撤去しようと持ちあげた瞬間、Kさんと同僚は腰を抜かす。

コタツの下で《真っ黒なスープ》が、水たまりを作っていたのである。

「足を突っこんだまま死んだらしくて……腰から下が溶け残っていたんです。不思議とにおいはキツくありませんでしたが、蛆《うじ》が羽化したものか、ゴマのような蛹《さなぎ》の殻が無数に浮いていて……わかめスープがしばらく飲めませんでしたね」

変死体を見慣れている彼ですら、息を吞むありさまであったという。

「思わず、普段より長めに手を合わせました」

異変は、帰宅後に起こった。

玄関で靴を脱いでいると、妻が「ちょっと……」と青い顔で近づいてきた。聞けば、四歳になる長男が午後からずっと泣きやまないのだという。

「病院に連れていこうかと思って……」

不安げな表情の妻をなだめてから、Kさんはリビングにいる長男のもとへ向かった。

「どうしたの」

泣きすぎたために空えずきを繰りかえす長男の目線までかがんで、優しく問いかける。ひきつけを起こしながら、長男は部屋の隅を指差した。

「へんな、おじちゃん、いるでしょ」

唐突な言葉に戸惑いながら「誰もいないよ」と返す。長男は無言で首を振った。

「いるよ、そこにおじちゃん。ありがとうって。パパにありがとうって」

あしがね、おみずなの。

翌日、上司が懇意にしている住職に読経《どきょう》をあげてもらってからは、長男はなにも言わなくなった。

「あぁいうモノって、先回りすることもあるんですね」とは、最後にKさんが漏らした言葉である。

# 第九話　ちっちゃなおんなのこ

私と同世代の作家、Tさんの話。

彼がまだ幼い時分、昭和五十年代半ばの出来事だそうだ。

夕方、Tさんは母親の帰りを自宅でひとり待ちながら、某公共放送の子供向け番組を見ていたのだという。五分間で二曲を紹介する構成の、現在も続く人気歌番組である。

流れていたのは『泣いていた女の子』という歌。

「ちっちゃな女の子が泣いています」そんな歌詞ではじまる、帰りの遅い母親を待ちわび門扉の前で泣く幼女の姿を、夕暮れの街と重ねた歌であったという。物悲しいメロディーに反し、やけに明るいトーンで描かれたアニメーションが寂寥《せきりょう》感をいっそう際立たせていたそうだ。

Tさん自身も鍵《かぎ》っ子だった。両親は、いつも日が暮れてから帰ってくる。女の子のように泣いて訴えることこそなかったものの、歌詞の寂しさには大いに共感をおぼえた。

「おんなのこ、かわいそう」

ぽつりと呟いた瞬間、部屋の隅に置かれた衣装ダンスの戸がわずかに開き、隙間から女の子が顔を覗《のぞ》かせた。女の子には唇も鼻もなく、両眼があるはずの部分には虫の卵のような粒々がびっしりと集まっていた。

Tさんが泣き叫ぶなか、女の子は同意を促すようにがくがくがくがくと何度も頷《うなず》いて、ふたたび衣装ダンスのなかへ消えた。

間もなく帰宅した母親がタンスを確かめたが、人のいた形跡などなかったという。

その日以来Tさんは家のなかで『泣いていた女の子』の鼻歌を耳にするようになった。歌は、彼が実家から進学のために引っ越す十八歳まで、ときたま聞こえたという。

「実は……ウチの娘が最近になってこの歌を口ずさむんです。誰に教わったか訊ねても、〝おねえちゃん〟としか言わないんですよ」

近々、あの女の子にまた会う予感がするんです。

Tさんはため息をついて、話を終えた。

# 第十話　夏のサーカス

専門学校生のMちゃんには、忘れられない子供時代の思い出がある。

「サーカス、なんですけれど」

そのサーカスは、実家の港町へ毎年八月のなかごろにやってくるのだそうだ。ちいさな山の一本道を抜けた先に天幕小屋が掛けられ、そこから漏れる灯で、夜の港町はぼんやりと明るくなる。サーカスめあてに余所《よそ》から来るのか、町はその時期になると知らぬ顔の人が心なしか増えていたという。

彼女は毎夏、両親に連れられてサーカスを観に行った。

時刻はいつも夕暮れどき、蜩《ひぐらし》がかまびすしい林の道をしばらく歩くと、ふいに両脇の木立が途切れ、平原にオレンジ色の天幕が姿をあらわす。小屋からは、異国の音楽らしき不思議なメロディーが流れていた。

玉乗りピエロにナイフ使い、綱渡りに空中ブランコ。サーカスは、開幕から終わりまで拍手喝采《かっさい》に包まれていた。繰りだされる曲芸の数々にため息が止まらなかったと、彼女は当時を楽しそうに語る。

やがて、最後の曲芸が終わりカーテンコールののちに団員が退場すると小屋の照明が落とされて、観客は出口へ向かう。空を見ると、きまって西日が山の稜線《りょうせん》へと消える間際だった。あまり時間が経っていないのが不思議に思えたという。

「寂しさを胸に帰る山道の風景が、強く印象に残っています」

サーカスは、Mちゃんが三年生になるまで毎年やってきた。


ところが。

高校生になってからサーカスのことを訊《たず》ねたところ、彼女は両親に怪訝《けげん》な顔をされた。そんなものは来ていないというのである。

「こんな田舎町にサーカスなんて有り得ない。一度でも来たなら、絶対に憶《おぼ》えてるさ」

「そのころはお盆でしょ。墓参りならともかく、親戚《しんせき》の世話で遊ぶ余裕なんかないわ」

父と母のつれない返事にも、Mちゃんは反論しなかった。

心あたりがあったからだ。

「どんなに頑張ってみても、あのサーカスの団員の顔が誰ひとり思いだせないんですよ。目も鼻もなくて、全員真っ黒な顔のサーカスなんて、ありえないですよね」

高校を卒業して故郷を離れる前日、彼女は記憶をたよりにサーカスが来ていた場所へ足を向けた。しかしそこには小屋を掛けられるような平地はなく、無縁仏の墓が無数に残されているばかりであったそうだ。

# 第十二話　自由工作

「ちょっと、ひねくれたガキでしたね」

　小学校時代の自分をA君はそのように語る。

　授業では教師の揚げ足をとる発言を繰りかえし、テストでもまともな答えは書かない。通信簿には、いつも「協調性を養いましょう」と記されていた。

「ほかのヤツらと同じことをするのが嫌いだったんです。褒められようが怒られようが、目立てば勝ちだと思っていました。まあ、心身ともにガキだったわけです」

　そんな考えは、夏休みの宿題にもあらわれていた。

「呪いの藁人形《わら》をね、作ったんですよ」

　自由工作の課題として、彼は手製の藁人形を提出した。「昆虫標本や割り箸《ばし》でできた輪ゴム銃よりもインパクトのあるものを」と悩んだ結果、思いついたのだそうだ。

「安直に思えるでしょうけど、歴史や由来は図書館でちゃんと調べて模造紙に書いたんですよ。藁だって、わざわざ農家に行って貰《もら》ってきたし。まあ……作ったのは夏休みが終わる前日でしたけど。毎日、遊ぶのに忙しくって。へへへ」

　藁を適当な長さに束ねてから、首にあたる箇所を一本の藁できつく縛って頭部を作る。

同じ要領で手足をこしらえて繋《つな》ぎ、最後にはみだした藁屑《くず》を切り揃えて、できあがり。

本来は呪う相手の髪や爪などを入れるのだが、それはさすがに踏みとどまった。

「はじめて作ったので形は不格好、握った先から藁がほつれてくるような有り様でしたけど、それでも嬉《うれ》しかったですよ。秘密の儀式をしているような気分でした」

明日《あした》は、みんな驚くだろうな。

絶叫する女生徒や担任の渋面を思い浮かべ、ほくそ笑みながら彼は眠りに就いた。


翌日。朝のホームルームを終えると、担任が「じゃあ、工作を出して」と手を叩《たた》いた。

菓子の空箱を加工した標本や、ビー玉を埋めこんだ紙粘土の花瓶などが提出されるなか、A君は藁人形をくるんだ紙包みを仰々しく教壇へ置いた。

「これ……なあに」

普段の素行をよく知る担任が、顔をしかめてA君に訊ねる。おそるおそる紙包みをほどく担任の様子を眺めながら、彼はこみあげる笑いを堪《こら》えていた。

やがて、担任は一瞬息を呑《の》んでから、A君をじろりと睨《にら》んだ。

「……まあ、あなたらしいけど……こんなものを内側に入れる必要はあったの」

意味が解らなかった。内側とはなんだ。

無言で教壇へ向かい、藁人形を握っている担任の掌《てのひら》をそろそろと覗きこむ。

今度はA君が息を呑む番だった。

ところどころほつれた藁人形。その隙間から、干涸《ひから》びたちいさな手足が突きでている。乾いたアマガエルの死骸《しがい》だった。入れた憶えなどなかった。

「その後はもう大パニックですよ。教室中が集団ヒステリーみたいになっちゃったんで、担任が校長先生に相談して、私は放課後に学校近くのお寺へ連れていかれたんです」

寺の住職は、A君が手にしている紙包みを見るなり「その程度で済んで良かったなあ。お前がもっと念をこめて作ってたら人死にが出たぞ」とだけ言い、紙包みを受けとって本堂へ消えていったという。

「それですっかり懲りちゃって」

翌年の自由工作は、ヌンチャクを作ったそうである。

# 第十二話　正義の代償

R君もまた、小学生時代は悪童として知られていた人物である。

「いや、別に乱暴だったわけではないんですよ。義憤……というんですかね。間違っていると思うことを見逃せなくて。要は、ヒーローを気取っていたんです」

とはいっても子供のこと、正義を行使する手段は限られている。

彼が選んだのは、《悪戯《いたずら》》。

「駐車違反の車にコインで傷をつけたり、放置されたゴミ袋にライターで火を点《つ》けたり。騒ぎになれば悪いことをしている連中も怯《ひる》むだろうと……いかにも子供の発想ですね」

暴挙としか思えない行動も、当時は真剣であったそうだ。

ある金曜の午後。彼が学校から家に戻ると、キッチンの上に花束が転がっていた。

日曜に父親が結婚式で貰ってきたものを、花の好きな母親が生けなおしたものだった。黒ずんだ花弁を見るに、枯れはじめたのを取り替えようと花瓶から取り除いたらしい。

と、ふいに閃《ひらめ》いた彼はこっそり花束を盗むや、ときおり一緒に《世直し》をしていた友人の家へと向かう。

「なあ、良《い》いこと思いついたんだけど」

花束を手に笑う姿を見ながら、友だちが「なんだよ、今度は」と首を傾げる。

その手を取るなり、R君は駆けだした。

辿《たど》り着いたのは、学区の片隅にある小川だった。

「なにすんの」

状況を把握しかねている友だちへ再び笑いかけてから、R君は手にした花束と途中の自販機で購入したコーラの缶を、川に架かる橋のたもとへ置いた。

「……なんだか、人が死んだ現場みたいだよ」

「そう、これ見たら運転手はビビるだろ。そしたらスピード落として事故が減るじゃん。毎日来てさ、通るヤツがどんな顔してるか観察しようぜ」

得意満面のR君とは裏腹に、友だちは顔をしかめた。

「あのさ……もう、こういうの止めようよ。フキンシンだって」

沈黙が流れる。険悪な空気をとりなすように花束が、かさ、かさ、と風に鳴った。

「……もう良いよ。オレひとりでも様子を見に来るから」

その日は、なんとなく喧嘩《けんか》めいた雰囲気で別れた。

しかしその日以降、彼が橋を訪れることはなかった。

休日明けの月曜日、朝の教室へやってきた教頭先生が「担任の××先生が亡くなりました」と告げたのである。

担任は、豪雨で水かさの増えた川へと誤って転落していた。落ちたのは上流だったが、溺死体《できしたい》が見つかったのはR君たちが花とコーラを置いたあの橋のたもとであったそうだ。

のちに大人から聞いたところでは、担任は流される間にあちこちへぶつかったらしく、発見時には顔半分の肉がほとんど無くなっていたという。

ヒーローごっこは、終わりになった。

「二十年以上経ちましたが一度も橋には近づいていません。自分の所為《せい》で先生は死んだんじゃないか。あの橋に行くと先生に遭ってしまうんじゃないか……そんな気がして」

同窓会にも行く気になれないのだと、彼はため息をついた。

# 第十三話　いたずら

T氏も、たいそう悪戯好きな子供であったという。

「ラジコンにぬいぐるみをくくりつけて夜道を走らせたり、煙が大量に出る花火を墓場で燃やして、墓参りに来た人を驚かせたり……けっこうアイデアマンでしたよ」

そんなある日、彼はクラスメイトから不思議な噂を聞いた。近所の公園にある公衆トイレ、そのいちばん奥の個室に「なにかが出る」というのである。

「その個室のドアに《使用禁止》の張り紙がしてあるんですけど、そこをノックすると、誰もいないのにノックが返ってくるって言うんです。まあ、ありきたりな話ですよね」

はじめは噂を馬鹿にしていたT氏、ふと新しい悪戯を思いついてほくそ笑んだ。

「こりゃいけるぞ、と思いました」

黄昏《たそがれ》せまる夕暮れどき。公園が無人になったのを確かめてから、彼は作戦を決行した。

用意したのはセロハンテープとハンガー、そして凧糸《たこいと》。

「ドアの内側にテープで凧糸を貼りつけ、そこにハンガーを吊《つ》るすんです。誰かがノックすると、振動でハンガーが揺れてノックが返されるって寸法でした」

西日に染まった公衆トイレは、不快なにおいで満ちていた。割れた鏡、砕けた洗面台、床ではヨーグルトに似た吐瀉物《としゃぶつ》が生乾きで放置されている。

「ちょっと躊躇《ためら》いましたけど、ここまできたらやるしかないと肚《はら》を括《くく》りました」

奥の個室のドアをよじ登って、なかへと侵入する。長らく使われていなかった所為か、和式便器に溜《た》まった水は重油のような色に濁っていた。個室の隅では蛾の死骸が小山を作っている。なるべく周囲を見ないようにして、T氏は作業をはじめた。

セロハンテープで凧糸の先端をドアに貼りつけ、もう一方の先端を彼の腰あたりまでだらりと下げる。その先にハンガーを結わえて揺らすと、ハンガーの角がドアにぶつかって軽い音を響かせた。

胸を躍らせながら、個室の外へ脱出する。窓から射しこむ光は、すでに心許《もと》ないものになっていた。

念のため、確認するか。

一刻も早く立ち去りたい。そんな衝動を堪《こら》え、大きく息を吸ってからドアを叩《たた》く。

こつん、こつん。

一拍遅れて、なかからノックが返ってくる。成功に歓喜の声をあげかけた、その瞬間。

「うぁい」

眠たそうな男の声が、個室から聞こえた。

「妙に嬉しそうな声でね。ええ、すぐ逃げました。セロハンテープを握りしめて泣きなから帰宅したもんで、母親はたいそう驚いていましたよ」

のちにT君は、あの公衆トイレで過去にホームレスが病死していた事実を知った。死んでいたのがあの個室であったかどうかは、確かめていないそうである。

# 第十四話　あかるいおうち

「他の人にとって怖いのかどうか、ちょっと解らないんですけど」

これまでの取材中、何度となく聞いた台詞《せりふ》を口にしてNさんは「すいません」と頭を下げた。気弱な性格なのか、伏し目がちで声も弱々しい。どう見ても怖いネタを持っている人物とは思えない。

今回の取材は期待できないかもな。ひそかに落胆しつつ、私は優しく声をかける。

「そんなに緊張なさらなくても大丈夫ですよ」

と、無言で頷《うなず》くなりNさんは「アタシ、子供のときは道に生えているタンポポを食べていたんですよ」と、これまでの取材で一度も聞いたことのない台詞を呟《つぶや》いた。

これは期待できるかもしれない。ペンを握る手に、力が入った。


貧しかったのだという。

父親は彼女が十歳のときに蒸発、母親は女手ひとつでNさんと弟ふたりを育ててきた。朝から深夜まで仕事をかけもちしているため、自然と食事はNさんの担当になった。

「母が食材を買うお金をくれるんですが、そんなに多くは貰《もら》えないんです。だから下の弟たちにお腹いっぱい食べさせて自分はひと口だけ、なんてことも日常茶飯事でした」

空腹に耐えかねると彼女は公園に行って水を飲み、タンポポの葉を食べた。

「自宅でたくさん水を飲むと弟たちにばれるでしょ。それで……以前タンポポのコーヒーというものがあると聞いていたので、食べられるかなと。でも、青臭くて、苦くって」

飢えがおさまると、きまって入れ替わるように切なさが襲ってきた。

どうして自分はこんな暮らしをしなければいけないんだろう。同級生のなかには、昨日こんなお菓子を食べたとか、先週どこのレストランに家族で行ったなどと楽しそうに話す者もいる。なのに、自分は。

涙がすっかり乾いてから家に帰る。そんな毎日であったそうだ。

ある夜、彼女はいつものように公園で草を食《は》み、帰り道を歩いていた。

「そしたら、十字路の向こうに親子連れの姿が見えたんです。あ、もし同級生だったら厭《いや》だなと思って、とっさに裏路地へ逃げました」

入りこんだのは知らない道だった。車がすれ違えぬほど細い道の両脇に城壁よろしく家々が並んでいる。年月の所為か、どの家屋もくすんで見えたという。

古い住宅街なのかな。

おそるおそる角を曲がった途端、眩《まぶ》しさに視界が遮られた。

目の前に建つ一軒の家。その壁に据えられた大人の背丈ほどもある窓から、やわらかな光が漏れている。灯《あか》りが照らす部屋のなかでは、幼い子供とその母親らしき女性が木製のテーブルを笑顔で囲んでいた。

壁かけの鳩時計。窓辺に置かれたオルゴール。テーブルの料理皿からは湯気があがっており、部屋の奥に見える暖炉では薪が火の粉を躍らせている。

幼いころに読んだ西洋の絵本そっくりの風景だった。

「羨《うらや》ましい……とは思いませんでした。むしろ、大好きな映画を見たような気分で。ああ、ここに来ればこの外国みたいな景色に会えるんだって、嬉《うれ》しくなったんです」

見知らぬ家庭を五分ほど眺めてから、Nさんは我が家へ戻った。

「翌週でした」

彼女が夕飯の支度をしていると、母親が突然帰宅した。

「どうしたの、今日はずいぶん早かっ……」

母親の後ろに、見知らぬ男性が立っている。男性の遠慮がちな会釈に続いて、母親が嬉しそうに微笑んだ。

「ごめんね、紹介が遅れたけど……この人、同僚の××さん。実はお母さん、彼と」

「聞きたくない」

冷たく言い放つとNさんは素早く靴を履いて、ふたりの脇をすり抜けた。

「あのときの心境をなんと説明すればいいですかね……寂しいような、裏切られたような、自分が支えてきたものをあっさり奪われたような……そんな気持ちでした」

みんな勝手にすればいい。自分を置いて、幸せになればいい。

アタシには、あの家がある。見ているだけで心安らぐ、灯りの家が待っている。

駆けだした足が、自然と先週訪れた裏路地へ向く。

「え」

曲がり角の先に、灯りはなかった。

目の前には、外壁いちめんに枯れ蔦《つた》の絡《から》まる廃屋が建っていた。ガラスはすべて割れ、ポストに雨ざらしのすえにひね曲がったチラシの束が刺さっている。窓辺に、埃《ほこり》と泥で黒ずんだオルゴールが置かれていた。

どう考えても、数日やそこらでこの惨状になったとは思えない。

状況が把握できぬまま朽ちた家を眺めていると、背後で「アンタ、あんまり近づいたら危ないよ」と声がした。振り向けば、近所の住人とおぼしき老人が立っている。

「すいません……」

半ば条件反射で頭を下げたNさんへ、老人は「この家も、早く売れるといいんだがなあ。ま、あんなことがあったから……」と呟いた。

「あんな、こと」

戸惑う彼女を見て、「あれ、知らずに来たのか。てっきり、よく来るきもだめしの連中の仲間かと思ったよ」と、老人が頭を掻《か》く。

「ここ……なにかあったんですか」

問いにしばらく口籠《ごも》ってから、老人は答えた。

「お母さんが子供を絞め殺しちゃったんだよ。育児ノイローゼでね。その後、家は売りに出たんだが、みな破産したり自殺したり……全部で四家族、すべておかしくなった」

老人の台詞へ応《こた》えるように、窓辺のオルゴールが、がたん、と倒れた。


「そのときは、とんでもないものを見たと怖くなったんですが……」

話を聞き終え、メモ帳を清書していた私へ、Nさんが小声で呟いた。

「いまは〝もしかしたら幽霊じゃなかったのかも〟と思っているんです。あれは……家の願望だったんじゃないか。幸せに暮らしてほしかったのに悲惨な出来事ばかり起きて……それを悲しんだ廃屋が、同じ境遇の私に見せてくれた幻だったんじゃないか」

アタシは、そう信じているんです。

はっきりとした口調でそう言うと、Nさんは私の目をまっすぐに見つめ、微笑んだ。

この春、実家を出て新天地で暮らす予定だそうだ。

# 第十五話　バス停の女

Sさんは子供のころ、近畿《きんき》地方の山沿いにある集落で暮らしていた。

「まあ町ほど賑《にぎ》やかではないものの、バスは通っているし米屋やガソリンスタンドなどの商店もあったので、不便を感じたことはありませんでした。一点を除けば、ですが」

その不便な一点とは、通学。

Sさんが生まれる前、実家のある集落には分校が建っていた。だが、少子化のために彼が入学する前年で閉校してしまったのだという。そのために、Sさんはバスに乗って麓《ふもと》の小学校まで通わなければならなかった。

片道およそ四十分。学校が終わってすぐ集落行きのバスに乗れば暗くなる前に家へと辿《たど》り着ける。だが、そこは遊び盛りの子供のこと、そう上手《うま》くはいかなかったようだ。

「学年が上になるに従い、最終のバスが出る時刻ぎりぎりまで友達と遊ぶようになって。まあ、家に帰っても無口な両親と祖父がいるだけですからね。寂しかったんですよ」

四年生になるころには、夜七時の最終便で帰宅するのが当たり前になっていたそうだ。

そんな、ある日。いつものように彼は最終のバスに揺られていた。

車窓から次第に家々が消え、街灯の数もまばらになっていく。空の色が群青から黒に変わるさまをぼんやり眺めながら、Sさんは微睡《まどろ》んでいたのだという。

どれくらい経ったころだろうか、ブレーキの振動で彼は目を覚ました。到着したかと慌てて外へ視線を移せば、見なれたバス停の看板がヘッドライトに浮かびあがっている。

その看板のかたわらに、中年の女が立っていた。

母だろうか。息子の遅い帰宅に痺《しび》れをきらして迎えに来たのか。

はじめはそのように思ったものの、どうにも様子がおかしい。

女は和装に身を包んでいた。冠婚葬祭でもないかぎり、母が着物に袖《そで》を通すなど有り得ない。おまけにその着物は、まるで刃こぼれした鉈《なた》で裂いたようにあちこちが破けている。結んだ髪も根が緩んでだらしなく、表情はしまりがない。目鼻だちが微妙に大きいような小さいような、とにかくよく知った母の顔と似ているようで、何処かが違う。

誰だ、この人。

尋常ではない様子に降車を躊躇《ためら》っていると、そんな態度を訝《いぶか》しんだ顔なじみの運転手が「どうしたの」と声をかけてきた。

「おかあさんかも……でも」

そう答えてから、Sさんは運転手の手を無言で引き、バスをおそるおそる降りた。

女はどこにもいなかった。人の立っていた痕跡《こんせき》すらなかった。

なにかを見間違えたのだろう。そう自分に言い聞かせながら帰ると、はたして母は家にいた。ためしにバス停へ迎えにきたか訊《たず》ねたが「夕飯の支度で忙しいってのに、アンタを迎えになんか行けるわけがないでしょ」と、素気《すげ》なく返されただけであったという。

やっぱり、気の所為《せい》だったんだな。

そう結論づけて、Sさんはこの日の出来事をしまいにした。

ところが、それからも彼は《母に似た女》を何度となく目撃する。

出会うのはきまって、最終便で帰ってきた日のバス停前。ちぎれた着物もほつれた髪もはじめて見たときとまったく同じ。降車した際には姿を消しているのも共通していた。

その姿があまりに不気味で、Sさんはしばらく早い時間のバスで帰宅していた。しかし、そうなると放課後に同級生と遊ぶことはかなわない。

ちょっとくらい平気だよ、もう一本遅いバスでも大丈夫だよ。自分に言いきかせながら、帰宅時間を延ばし、ときおり最終のバスに乗ってはあの女と遭遇する。

その繰りかえしであったという。

そんなある日、冬も間近に迫った夕暮れ。

Sさんはうっかりと遊び過ごしてしまい、やむなく最終バスに乗っていた。

今日こそは見ませんようにという祈りも空《むな》しく、ヘッドライトに照らされたバス停には和装の女が立っている。着物の柄も汚れ具合もすっかり見なれた、《あの女》だった。

いったいなんなんだろう。お化けなの、幽霊なの。

怯《おび》えながら降車口へ向かう。と、ステップへ足をかけたところで、彼はバスの運転手に背後から声をかけられた。

「きみ、いつもオドオドしながら降りるが、おうちでなにかイヤなことでもあるのか」

堪《たま》らなくなり、Sさんはこれまでのいきさつを一気に話した。話を聞きながら「誰もおらんが」とバス停を眺めていた運転手の表情が、なにかに気がついたように変わった。

「もしかしたらソレ、狐かもしれんなあ」

運転手によれば、昔このあたりでは狐が頻繁に目撃されていたのだという。それに伴い、化かされたり誑《たぶら》かされたりといった話を運転手自身もときおり耳にしていたらしい。

「最近はとんと見かけなくなったが、もしかしたら生き残った狐が寂しがってお前さんを化かしておるのかもしれんぞ」

その言葉を聞いた瞬間、それまでの怖気《おぞけ》がすうっと消えた。

狐も寂しいんだ。自分と、一緒なんだ。

「どうせなら、もっと可愛い姿で出てくれれば遊んであげるのに」

思わず漏らした言葉に、運転手は大笑いしたそうだ。

晴れ晴れとした気持ちで帰宅した、その夜。

Sさんは夕餉《ゆうげ》の席で「狐って、昔はこのへんにいたんでしょ」と家族に訊ねた。

もしも反応が良ければ、一連の出来事を語って聞かせる腹積もりであったそうだ。

突然の問いに戸惑う両親をよそに、祖父だけは「んだよ」と笑った。

やっぱり。あれは狐なんだ。仲良くなれるかな。家に呼んだら来るかな。

そんなSさんの微笑ましい夢想は、祖父の「でもな」という台詞《せりふ》に遮られた。

「ほとんどオラが捕まえて皮ァ剝《は》いだから、ほとんど生き残ってないべなあ。生きてるうちに剝ぐと、毛の艶《つや》が良くて高く売れるんだ」

祖父の言葉を聞いた瞬間、すっと血の気が引いた。

あの女がどうしてぼろぼろの格好をしているのか、そしてなぜ自分の前にだけ姿をあらわすのか。

すべてが腑《ふ》に落ちたSさんは、次の日から決して最終バスには乗らなくなったという。

# 第十六話　七代まで

さて、前述のSさんが成人し、結婚後しばらく経ってからの話。

ある夜、帰宅して寛《くつろ》いでいると、塾から帰ったばかりの娘が「いま、変な人見た」と玄関で靴を乱暴に脱ぎ捨てリビングへ飛びこんできた。

「変な人って……アブないオジさんとか？」

変質者の類《たぐい》だろうかと身構えたSさんに向かって、興奮ぎみの娘が首を振った。

「バスから降りるとき、停留所の前に着物のおばちゃんがいて。〝ななだいまで〟って笑いながらこっちを見ているの。で、びっくりしているうちにどっか消えちゃった」

話を聞きながら、娘が「あのときの自分」と同い年であるのに気がついた。

「だから、きっと私の孫もその子供も、あの女を同じ年齢のときに見るんじゃないか。そんな予感がするんです」

その後も娘さんは何度か《着物のおばちゃん》を目撃している。

狐の話をすべきかどうか、Sさんは悩んでいるそうだ。

# 第十七話　スマホゲーム

B君が、駅から家までの道を帰っていたときの出来事。

夜道をてくてく歩きながら、彼はスマートフォンでゲームを楽しんでいた。画面を指でタッチしてパズルをクリアする、人気のゲームであったという。

と、ゲームが佳境に入った矢先、画面に、ぼた、と赤黒いしずくが垂れた。一見して血である。驚いて自分の顔をこすったが、鼻血が出ている気配はない。上空を見あげてみたものの、雨が降りそうな気配は感じられなかった。

怪我した鳥でも、いたのかな。

その日はもう画面を触る気になれず、ゲームを途中で終えて早々に帰宅した。


ところが翌日以降も、彼のスマホは赤いしずくに襲われる。

画面を汚されるのは決まって帰り道。場所も時間も、ほぼ一緒だったそうだ。

何度目かの《襲撃》を食らった夜、とうとう堪《こら》えきれなくなったB君は、家に着くなり両親に相談する。

はじめ、父母は「アプリってなんだ」「それってお金がかかるんじゃないの」とまるで無関係な話題に終始していたが、やがて事情を察するなり、顔を見合わせて頷《うなず》いた。

「それ……たぶんお祖父《じい》ちゃんだよ。お前は生まれる前だったから知らないだろうけど、お祖父ちゃん、家に帰ってくる途中の道で車に轢《ひ》かれて死んだんだよ」

亡くなった場所も、確かにそのあたりだった。

「〝……よそ見してるとオレみたいになるぞ〟って、お祖父ちゃんが警告してくれたのかなあ、ボクを気づかったのかなあ」

孫を思う祖父の気持ちに、B君は思わず涙ぐんだ。

ところが、そんな彼を見た父親は「うん、まあ」と生返事をしてから、「たぶん、違うと思うんだ」と、申しわけなさそうに言った。

「祖父ちゃん、根っからの悪戯《いたずら》好きでな。車に轢かれたのも、どうやら運転手を驚かせてやろうと死体の真似して寝ていた所為《せい》らしいんだよ。だから……きっと悪ふざけだ」

「父は〝まあ、孫に会えて嬉《うれ》しかったのは事実だから〟と慰めてくれましたが、なんだか納得いかなくて。今度のお盆は、墓石に落書きしてやるつもりです」

憮然《ぶぜん》とした表情でB君はそう言った。現在、《歩きスマホ》は控えているそうだ。

# 第十八話　見知らぬ番号

看護師のWさんからうかがった話である。

ある日の午後、非番のため家でのんびりしていると、玄関が乱暴に開く音が聞こえ、高校生の弟、A君が青い顔でリビングへ飛びこんできた。

「ヤバいかもしれん」

彼は帰宅する三十分ほど前、急に便意を催して公園のトイレへ駆けこんだのだという。トイレはお世辞にも清潔とは呼びがたい状況だったが、それでも背に腹は替えられない。脂汗を滲《にじ》ませつつ、A君はいちばんまともな状態の個室を選んで用を足した。

腹痛というのは不思議なもので、痛みのもととなった《第一波》を放出しても、それでハイおしまいとはならない場合がある。このときの彼がそうだった。激しい腹痛は去ったものの便意はまだおさまらず、かといって《第一波》のようにすんなり出るわけでもない。便座に座ったまま、寄せては返す波をひたすら待ち構えていたのだという。

ときとして退屈はよからぬ考えを生む。便意との闘いに飽きはじめた彼は、ふいにある悪戯を思いついてしまった。足許《あしもと》のカバンからサインペンを取りだし、目の前の壁へ思いつくままペンを走らせる。書いたのは090ではじまる、出鱈目《でたらめ》な十一桁《けた》の数字。

《この電話番号の女、ヤレるぞ》

下品な注釈を書き添えて、彼はご満悦だった。日本のどこかにいる、名も知らぬ誰かのもとへ、ある日突然「ヤレるんでしょ？」と意味不明な電話がかかってくる。その状況を考えただけで、思わず笑い声が漏れた。

数分後。すっかり便意もおさまり、軽くなった腹をさすりながら公園を出たと同時に、彼の携帯電話が鳴った。ディスプレイを見れば、まるで知らない電話番号が点滅している。否、知っていた。彼はこの番号を、よく知っていた。

先ほど壁に落書きした、出鱈目な電話番号だった。

「……それで取るのも怖かったから、すぐ着信拒否にしてダッシュで帰ってきたんだよ。マジ怖かった。アレ、ヤバいって」

肩で息をしながら訴える弟を見つつ、Wさんは「どこまで幼稚なのか」と呆《あき》れていた。トイレの落書きもくだらないが、その後の顚末《てんまつ》もあまりに子供じみている。おおかた、弟はうっすら憶《おぼ》えていた誰かの番号を書いたのだろう。そして偶然（これぱかりは神の采配《さいはい》というべきか）その番号の主から着信があった。そう考えるのが普通ではないか。

それを怖いのヤバいのと大騒ぎして。本当にこの子はなにを考えているのだろう。

「あのさ、落書きだって犯罪なんだよ、掃除する人の気持ちを……」

憤りにまかせて説教をはじめた、その矢先。テーブルに置いていたWさんの携帯電話がヴォンヴォンと震えた。近づいて液晶画面を確かめると、見知らぬ番号が光っている。怪訝《けげん》な顔で画面を睨《にら》むWさんの背後から携帯電話を覗《のぞ》きこむなり、弟が叫んだ。

「この番号だよ。俺が書いたの、この番号だ。出るなって」

その台詞《せりふ》を聞くなり、彼女はふたたび腹を立てた。これは手のこんだ悪戯に違いない。私を驚かせるために友人と示し合わせ、一連の流れをこしらえたとしか思えない。

馬鹿じゃないの。

彼女は弟をきつく睨んでから通話ボタンを押し、受話器に向かって怒鳴った。

「あのさ、いい加減にしなさ……」

「なんできょうはおらんのだ」

それだけ言って電話は切れた。よく知る声だった。

昨日看取《みと》ったばかりの、仲が良かった入院患者の声だった。

その日の晩、電話は充電ができなくなったまま壊れてしまったという。

「弟が書いた番号がたまたまあの患者さんの電話だったとしても、辻褄《つじつま》が合わないんですよね」

それ以来、Wさんは就寝前に携帯の電源を切るようにしているそうだ。

# 第十九話　おとしもの

ある午後。Kさんが駅までの道を歩いていると、携帯電話が鳴った。

「もしもし、こちら××神社ですが。そちらの財布を拾いまして」

電話の主は、三十分ほど前に訪ねた神社の神主を名乗った。電車の時間まで余裕があったので、時間をつぶそうと立ち寄り、気まぐれに賽銭《さいせん》を放ったのを思いだす。

あのときに落としたのかな。

「すぐにうかがいます」と電話を切る。ところが、通話を終えた携帯電話をズボンのポケットへ突っこんだ瞬間、Kさんは臀部《でんぶ》へぶつかる感触に気がついた。

尻《しり》へ手を伸ばして、ふくらみに触れる。

「……あるじゃん」

財布はいつもの場所、尻ポケットのなかに収まっていた。

じゃあ、いまの電話は。

混乱に立ち止まった直後、彼の目の前数センチに、空から黒いかたまりが落ちてきた。

耳をつんざくような金属音があたりに轟《とどろ》き、道に砂ぼこりが舞う。

「真上の看板が落下したんです。あのまま歩いていたら……もしかしたら」

腰を抜かしてその場にへたりこんでしまったため、電車には間に合わなかったという。

のちほど履歴を確かめてみたが、あの時間に電話がかかってきた形跡はなかった。

念のため神社に問い合わせてみたものの、電話に出た神主は「なんのことでしょう」と、Kさん以上に戸惑った様子であったそうだ。

## 第二十話　古い狛犬《こまいぬ》

神社に関するものでは、小料理屋を営むAさんからも、こんな話を聞いている。

三十年ほど前、彼女の実家はとある神社の氏子を務めていた。

ところが、そこの神主というのがすこしばかり問題の人物であったらしい。良くいえば吝嗇家《りんしょくか》、悪くいうなら守銭奴、要は金に異様なほどうるさい性格だったのだという。

この神主、社殿の修繕だの境内の手入れだのとなにかにつけては氏子衆から初穂料や玉串料を集める。そのくせ神社はいっかな綺麗《きれい》になる気配がない。石畳はあちこち剝《は》げ、拝殿の階段は朽ちていたるところが破損、屋根にはペンペン草が生えるありさまであった。はじめは黙っていた氏子衆も、神主が新しい車を購入したのを契機にとうとう堪忍袋の緒が切れ、「我々にも解るような形で金を使え」と、神主をきつく窘《たしな》めた。

普通ならば反省した神主が心を改め、神社のもろもろを修繕して話は一件落着となる。しかしもとより金に汚い人物のこと、そうは問屋が卸さなかった。ある日、神主は知人の石材店に命じて境内の狛犬を新たに作らせる。そして、「狛犬を新しくしたので、貰《もら》った金はすべて使ってしまった」と、なにくわぬ顔で報告したのである。

話を聞いて神社を訪れるなり、Aさん一家は仰天した。新しい狛犬は、素人目にも安物と解る代物であったからだ。

もともと置かれていた狛犬は、それなりに古びてはいたものの、勇猛な顔立ちをした立派なものだった。それに比べて新しい狛犬は、目鼻の出来が乱雑で全体的に形がいびつな、《狛犬もどき》になっていたのだという。

当然、氏子衆は神主に抗議した。しかし神主は「神職以外の方には理解しがたいかもしれないが、これは非常に霊験あらたかで、それなりに値の張るものなのだ」と答えた。

二束三文で適当に彫らせたのだろうと全員確信していたが、面と向かって「高かった」と言われてはそれ以上反論しようがない。「あんな罰あたりなことをしていたら、いつの日かとんでもない目に遭うぞ」と怒りつつ、皆はしぶしぶ帰路に着いた。

そして、その言葉は事実となる。

死んだのである。

ある朝、神主の五歳になる子供が寝床で冷たくなっていた。原因不明の突然死だった。悲しみも癒《い》えきらぬ翌週、今度は神主の女房が境内で変死体となって発見される。死因は失血死。賽銭箱から紙幣を回収しようとした際に誤って背後へ転倒、朽ちた階段の木片で頸動脈《けいどうみゃく》を切ったのだという。

立て続けに家族を失い意気消沈していた神主の姿が見えなくなったのは、妻の葬儀から間もなくであった。親族や氏子衆が探したものの、まるで行方は知れなかったそうだ。

やがて、神社は本庁から来た人物が神主を務めることになった。狛犬を設置してから、わずか一ヶ月で神主一家は全員がいなくなってしまったのである。

大人になってから、Aさんは山伏を名乗る人物と話す機会を得た。四方山話《よもやまばなし》に花が咲くなか、ふとあの神社の出来事を思いだした彼女は、山伏に打ち明けてみたのだという。話を聞くなり山伏は眉《まゆ》をひそめ「台座に置かれているときは神社を守る狛犬だが、その役目を解かれたら単なる〝神の獣〟だからな。喰《く》い殺されたのだろう」と、苦々しい顔で告げたそうである。

神社は現在も残っているが、かつての賑《にぎ》やかさはすっかり失《う》せてしまったそうだ。

# 第二十一話　好き嫌い

東北に暮らす、高齢のご婦人よりうかがった話である。

彼女が若いときに暮らしていた集落には、霊験あらたかと評判の神社があった。

「神社といっても境内のあるようなものではなくっての。山のなかに、丸木の鳥居と粗く石を削ってこさえた祠《ほこら》があるだけの……いまで言う《聖地》のような場所でしたわ」

近隣では「ここにお参りすると願いが叶《かな》う」なる噂がまことしやかに伝えられていた。もっとも、辿《たど》り着くまでにかなりの苦労を強いられる場所であったから、実際に参詣《さんけい》する者はあまり多くなかったらしい。

ある夏のおわり。

ご婦人は集落でいちばん仲の良かった女房を伴い、山を訪ねた。

「赤ん坊がなかなか授からなくっての。それを姑《しゅうとめ》に責められて……まあ、当てつけだわ」

同伴の女房も子宝に恵まれず悩んでいたらしく、誘いにふたつ返事で乗ってきたという。

汗を拭《ぬぐ》いながら歩くことおよそ半日。ふいに木立がひらけ、背の低い草ばかりの平地があらわれた。草むらの奥に丸木でこしらえた鳥居が見える。その向こうには、いちめんの苔《こけ》に覆われた祠がちょこんと居座っていた。祠のなかに御神体はなく、割れた鏡の破片と刃の折れた鎌だけが納められていたという。

祠に手を合わせた途端、風もないのに空気が、しん、と冷えた。鳥の声が止み、狙ったように木漏れ日が祠をまっすぐ照らす。

あ、神様っておるんだな。

ごく自然にそう信じる気持ちになったのが、自分でも不思議でならなかったそうだ。

「でも、一緒に行った女房殿は〝オラはなんも感じなかったけどの。なんだか気味の悪い場所だ〟なんて笑っとったわ」

山を下りて間もなく、彼女は懐妊する。

夫と手を取り合い「あの神様は本物だなあ」と喜びをわかちあった。

「ところがの」

ともに参詣した女房は、彼女が身ごもった数日後に亡くなったのである。

「なんでも、夫や姑の見ている前で突然笑いだしての。納屋へ駆けこむなり錆《さ》びた鎌を腹に突きたてて、刃をこねくりまわしながら死んだと聞いたわ」

鎌の先端は骨と何度もぶつかった所為《せい》か、身体のなかから見つかったそうだ。

「それを聞いて、あッと思ったのよ。もしかして神様にも好き嫌いってあるんでねぇか、自分と合わねぇ神社を拝むと神様の気配も感じねぇし、かえって嫌われるんでねぇか、っての」

ご婦人の語りに頷《うなず》きつつも、私はひそかに苦笑していた。

確かに村の女性が変死したのは事実だろうが、それは偶然にすぎないのではないか。女性はもとより精神に変調をきたしており、それがなにかをきっかけに（神社へ赴いたことが引き金になった可能性はあるかもしれないが）悪化したと考えるのが妥当ではないか。ゆえに「神様に嫌われて死んだのだ」という仮説はご婦人の妄想に過ぎない。そのように考えたのである。

そんなこちらの内心も知らず、ご婦人は相変わらず滔々《とうとう》と持論を述べている。

「あの、そろそろ」

私が言いかけた台詞《せりふ》は、彼女の「んだからの」という言葉に遮られてしまった。

「んだからの、それから私……姑を連れてほうぼう神社をお参りするようになったのよ。どっかで姑が嫌われないかな、憎まれないかなって。自分が嫌われたらどうすっかなと思っておっかねぇもんだったけどの」

いいところに巡り会えたから、助かったわ。

にこにこ微笑むご婦人を前に、私は沈黙していた。

「いいところ」とはどういう意味か。いったいなにから「助かった」のか。姑さんは現在、健在でおられるのか。

知ってはいけない予感がしてそれ以上なにも聞けぬまま、私は取材を終えたのである。

# 第二十二話　解放

Jさんは四国のある町に暮らしている。彼女の家は古くからの住宅街に建っていたが、昔と違って近所づきあいなどはほとんどなく、そのため近隣にどのような人物が暮らしているのか、あまり知らなかったそうだ。

「まあ、いまや日本のどこでもそんなもんだと思うんですけどね」

ある夜のこと。

床に就こうと寝室へ入ったJさんは、道路に面した窓向こうで灯《あか》りが揺れているのに気がついた。灯りは自宅の玄関に設置された防犯用の照明で、家の前を誰かが通過するとセンサーが反応して自動的に点《とも》る。その灯りに照らされた人物の影が向かいの壁に長く伸び、揺れているのである。

おや、と思った。

ひとりやふたり通過しただけなら影はすぐに消えるはずだが、すでに気がついてから一分以上経っている。ということは、よほど多くの人が行き交っているか、もしくは誰かが家の前をうろついているかのどちらかである。

時計を見れば夜中の二時。こんな時間に住宅街を歩く者など多くない。

誰かうろついているのか。不審者だったら厭《いや》だな。

いつでも警察へ連絡できるように携帯電話を握りしめ、Jさんは窓へ近づいた。

「ひ」

無数の人間が列をなし、道を無言で歩いていた。男、女、老人、なかには子供もいる。一様に俯《うつむ》いており顔は解らないが、どれもこのあたりでは見かけない者のように思えた。全員、手足がゴボウのように細い。衣類が汚泥や吐瀉《としゃ》物でまだらに汚れている。よほど長い間放置したのか、一部の者は異様に伸びた爪が大きく弧を描いていた。

呆然《ぼうぜん》としながら列を視線で追っていたJさんは、ふたたび驚く羽目になる。

長い。二十人や三十人ではきかない。五十、否、ざっと数えて百人近くが並んでいる。列は百メートルほど先の、最近解体された家の跡地まで続いていた。最後尾は靄《もや》がかかったように煙っており、そこにいるのが人なのかどうかも判然としない。

忘れよう。

彼女はそっとカーテンを閉じ、足音を立てぬよう布団へ潜ると「なにもみてない」と呪文《じゅもん》のように唱えながら眠りに就いた。

朝になって家の前を確かめたが、前夜から雨でぬかるんでいたにもかかわらず、道には足跡ひとつ残っていなかったという。

翌週、あの行列の正体がどうしても気になった彼女は、近所の人に「解体した家には誰が住んでいたのか」を、それとなく訊《たず》ねてみたのだという。

家は、新興宗教の施設だった。

近隣住民の話によると教団は除霊で知られており、看板を掲げていないにもかかわらず信者がひっきりなしに訪れていたという。しかし、昨年の暮れに教祖が死んでからは脱会する者が急増し、ひっそり解散したらしいとの話だった。

「それを聞いてピンときたんです。あの行列は、除霊されて施設に溜《た》まっていたモノたちだったんじゃないかって。だって……行列を見た翌日から、夜中になると近所の飼い犬が吠《ほ》えまくるようになったんです。一匹や二匹じゃないんです」

解き放たれたモノって、何処へ行くんでしょうね。

Jさんは不安そうな面持ちで息を吐いた。

最近、窓ガラスや車のボディに誰かの手形が残っているのが、怖くて堪《たま》らないそうだ。

# 第二十三話　顔が写る

数年前に刊行した『無惨百物語　にがさない』に「のっぺらぼう」という話を掲載した。未読の方のために内容紹介は控えるが、ひと組のカップルにまつわる怪異譚《たん》である。先日、「あの話を読んで驚きました」と、ひとりの女性から連絡を頂戴《ちょうだい》した。以下はその女性、Rさんの体験になる。本人の希望により詳細を極力省いた形でご紹介したい。


彼女は、カメラが大嫌いなのだそうだ。

理由は「心霊写真になるから」。彼女を被写体にした写真は、Rさんのみを撮影しようが集団で撮ろうが、決まっておかしなモノが写るのだという。

顔である。写真の余白——空の真ん中や、ぽっかり空いた壁の中央——に、ぼんやり顔が浮かぶのだそうだ。

顔は細い目をした女で、いつもレンズから目を逸《そ》らしている。そして、彼女はその顔を知っている。正確には、数年前までよく知っていたと言うべきだろうか。

「毎朝、鏡で見ていましたからね」

顔は、整形前の彼女の面だちにそっくりなのである。

私も、参考までに写真を何枚か見せてもらった。

水蒸気に陰影で目鼻をつけたような顔が、天井付近へおぼろげに浮かびあがっている写真。Rさんの背後、広がる海のなかに悲しげな目鼻がゆらめく写真。慰安旅行で撮影されたという集合写真などは、おもてを伏せた女が画面いっぱいに写っていた。

しかし、まるでRさんには似ていない。そう告げた私へ、彼女は「ほとんど直しましたから」と言いながら、無意識に顔を両手で覆った。

「死んだ顔の幽霊というのも、あるんですかね」

顔は、いまでも写るという。

どう供養すれば良いのか、悩んでいる最中だそうだ。

# 第二十四話　名所

近畿地方にお住まいの男性より、メールで頂戴した話である。

十数年前、彼は同僚と連れだって隣県へバスツアーに出かけたのだという。

さて、二泊三日の行程をつつがなく終えた、その帰り道。バスはトイレ休憩を兼ねて、県境にある海沿いの観光地に停車した。そこは断崖《だんがい》絶壁から望む海の美しさで知られた景勝地であったが、別な意味でもすこぶる有名な場所であったそうだ。

自殺の名所。

断崖には柵《さく》こそあるものの、その気になれば易々《やすやす》とまたいで数十メートル下の岩場まで飛び降りることができる。ゆえに、ここでは毎年身投げが相次いでいたのである。

隣県であるから、男性もその事実は知っていた。だが旅の開放感に包まれていた彼は、殊勝な気持ちよりも悪戯《いたずら》心が勝ってしまったらしい。

「おい、ちょっと面白い記念写真ば撮らんね」

そう声をかけると、男性はフィルムの残った使い捨てカメラを手に、同僚を撮影した。とはいっても普通の記念写真ではない。彼は同僚へジャンプするよう指示したのである。

宙に浮いた瞬間にうまくシャッターを切れば、体勢によってはあたかも投身をはかっているように見える。あとで他の社員へそれを見せてギョッとさせてやろう、そんな企《たくら》みであったそうだ。

こうして、彼は笑いながら数枚の不謹慎な写真を撮影して、旅行を終える。

翌週。現像から戻ってきた写真を眺めて、彼はおかしなことに気がついた。

あの観光地の写真が見あたらない。確かに何度となくシャッターを切ったはずなのに、それらしい写真は一枚たりとも現像されていない。

カメラ、故障しとったんかなあ。

首を捻《ひね》りながら念のためにネガを確認していた彼の口から「えっ」と声があがった。

撮った憶えのない写真がある。岩場を撮影した一枚。その次には、さらに岩へ近づいて撮ったとおぼしきショットが残されている。三枚目ではピントが合わぬほど接近した岩肌が大写しになっており、最後は画面全体が真っ黒になっていた。

これは、あの観光地ではないのか。だが、崖《がけ》から下を覗《のぞ》きこんで撮った記憶などない。

もしや、この一連の写真は。

落ちる途中をとらえているのではないか。

次の日曜日、男性は観光地のそばにある神社へとお祓《はら》いに行ったそうだ。

# 第二十五話　ピント

「たぶん、霊が写るってこういうことなのかなって思います」

そんな説明を記した手紙とともに、Lさんという女性から数枚の写真が送られてきた。見れば、どれも学校で撮影したとおぼしき集合写真である。制服から察するに高校生、顔ぶれが女生徒ばかりということは女子校なのだろう。

それぞれの写真をしげしげと眺めていた私は、ある違和感に気がつく。

集合写真は、それぞれ前方、中央、後方と三列に生徒たちが並んでいる。そのいちばん手前の列に、まるでピントの合っていない女生徒がひとり立っているのである。

私もかつては映像関連の仕事に就いていたため、この手の写真を撮影した経験が何度かある。その経験に基づけば、同じ列でピントがここまでずれることは有り得ないのだ。

ぼやけた女生徒の顔ははっきりしない。滲《にじ》んだ水性ペンの文字よろしく目鼻がぼんやり滲んで、笑っているようにも叫んでいるようにも見える。髪だけはかろうじて三つ編みを結っているらしいと判別できた。

もっとも、これが一枚きりであれば私も気に留めなかったかもしれない。偶然が重なり、たまたま撮影されたと思ったかもしれない。

しかし滲んだ生徒は、送られてきた写真すべてに写っているのである。

Lさんの手紙によれば、彼女のひとつ上の学年に、失恋をはかなんで自殺した生徒がいるのだという。このぼやけた人物はその女生徒にそっくりらしい。

不思議なことに、自殺した女生徒の学年では、奇怪な写真が撮られたためしはないのだそうだ。ではなぜ、Lさんの学年写真に死んだ女生徒があらわれるのか。それは、いまも解らない。

「死んだ人って、輪郭が曖昧《あいまい》なのかもしれませんね」

Lさんは、手紙にそう記していた。


当初、私はこの話の掲載を見送ろうと思っていた。写真は不気味であるしエピソードも真に迫っている。だが、基本的に本シリーズでは写真は掲載していない。あくまでテキスト、話のみを載せるスタイルを採用している。写真をお見せできないとあっては隔《かっ》靴《か》掻痒《そうよう》、読者諸兄にもどかしい思いをさせてしまう。そう考えたのだ。

では、なぜこの話が本書に載っているのか。

以下の追記が届いたためである。

## 第二十六話　同窓会

先日、Ｌさんは四半世紀ぶりの同窓会に参加した。

なかには高校を卒業して以来はじめて会う顔もあり、場は大いに盛りあがったという。

楽しい時間はあっという間に過ぎ、閉会の時間がやってきた。

「どうせだから二次会へ行く前に、みんなで記念写真を撮りましょう」

幹事の音頭で、全員が集まる。会場となった料亭の仲居へデジカメや携帯電話を渡し、おおよそ十数名分の写真が撮影された。

最後の一枚を撮り終え、持ち主のもとへカメラが戻される。

その直後、それまでにぎやかだった会場は、水を打ったように静まった。

すべての写真に、制服姿のぼんやりした影が写っていたのである。

影は、あのころよりも黒ずんで見えた。

「誰かが〝腐ったのかもね〟と呟《つぶや》いたのを憶《おぼ》えています」

二次会は中止になったという。

# 第二十七話　ラジコン

映像制作会社に勤務する知人から「変わった動画があるけど、見る？」と連絡がきた。断る理由などなにもない。私は翌日さっそく上京し、彼のオフィスを訪ねた。

くだんの知人が勤務する会社では、俗にいう《心霊映像》の制作をおこなっている。

「まあ八割はこっちでCGを足したニセモノ。あとの一割は、なにかの見間違い。んで、今回送られてきた映像は最後の一割、つまりガチの可能性大だ。まあ俺が思うに……」

説明すらもどかしく、私は言葉を遮って映像の再生を促す。

映像は、固定カメラのカットではじまった。

一般住宅の室内だろうか。カレンダーや壁時計、食器棚などで雑然とした部屋が映っている。そこへ一機のヘリコプターが画面の外から飛んできた。当然ながら本物ではない。大きさから考えて、ラジコン玩具《がんぐ》のようである。ラジコンヘリは部屋をくるくると旋回したり上下にホバリングを繰りかえしたりと、本物も顔負けの動きを見せている。よほど精密な高級品なのか、それとも操縦者のテクニックが優れているのか。

と、感心しつつ画面を眺めていた矢先、突然ヘリコプターが派手な音をあげて粉々に砕け散った。一秒にも満たない間の出来事である。

映像は、そこで終わっていた。

「……これ、なんなの」

「買ったオモチャの試験運転てところじゃないかな」

「それは解るんだが……これのどこが《変な映像》なんだ。火薬かなにかでラジコンを爆発させただけの映像じゃないか」

「火薬じゃないと思うよ」

彼が映像を巻き戻しながら呟く。

「ほら」

指でしめした画面には、爆発する数秒前のヘリが映っている。飛翔《ひしょう》、旋回、ホバリング。当然ながら、先ほどと同じ動きが続く。あとすこしでラジコンは木っ端みじんのはずだ。

「あれ」

爆発の直前、私はあることに気がついた。ヘリが、画面上部にある棚のようなものへ軽くぶつかり、その直後にヘリは爆発しているのだ。

「なにに……ぶつかったんだ」

画面から見切れているため棚の正体は解らない。だが、部屋の上部にある棚といえば。でも、まさか、しかし。考えこむ私を見て、知人が頷《うなず》く。

「たぶん、きみの予想どおりだ。あそこにあるのはね」

神棚だよ。

笑いながらそう告げる彼を、今度は私が見つめた。

「けど、そんなの聞いたこと……そうだ、これ自体トリックなんだ。CGか、それこそ火薬をリモコンで操作して作った映像なんだよ。そうでも考えないと」

「違う」

導きだした答えが、あっさりと遮られる。呆然《ぼうぜん》とする私に知人が呟いた。

「あれを撮影したのはね……俺なんだ。心霊ビデオの素材にするつもりで撮っていたら、神棚にぶつかって……なあ、こういうのは祟《たた》りなのかい、それとも呪いなのかい」

知人は結局、くだんの映像を別な制作会社に渡したらしい。噂によれば、映像はまわりまわってとある会社の心霊DVDに収録され、今夏に市場へ出荷される予定だそうだ。

もし読者諸兄が見つけた際には、ぜひその目で真偽を確かめていただきたい。

# 第二十八話　デトックス

「ママ友から有機栽培のハーブティーを貰《もら》ったのがきっかけでした。それを飲んでから生理が軽くなった気がして……それで、ハマっちゃったんです」

二年ほど前、主婦のNさんは体内の毒素を出す健康法、いわゆる《デトックス》に熱をあげていた。先述したオーガニックのお茶にはじまり、ヨガ（正しくは、ピラティスというものらしい）、呼吸法、サプリメントと、《デトックス》の冠がついているものに片っ端から手をだしていったのだそうである。

「怖いのはああいうのって際限がないんですよ。ママ友同士で自慢する間に〝まだ誰も知らない最新のデトックスを見つけなきゃ〟って、半ば競争みたいになっちゃうんです」

はじめは本屋で関連書を買い漁《あさ》ったり、健康法を記したウェブサイトをしらみつぶしに検索したりしていたものの、得られるのはありきたりの情報ばかり。困っていたところに見つけたのが、輸入販売の漢方薬だった。

《あなたの身体をカラッポにします》

そのような謳《うた》い文句に惹《ひ》かれ、Nさんは購入を申しこむ。数日後に届いたのは、細粒入りのカプセルであったという。

「丹砂とかトドックとか……あまり聞いたことのない成分だったのを憶えています」

効果は、飲みはじめてから二日と待たずにあらわれた。

「胃の下がポコッと軽くなった感じがしたんです。便通が良くなったときとは違い……お肉が空気になったような感覚、といえば解りやすいですかね」

その後、日を追うごとに彼女の身体は《空気化》していった。肩に風船でもつけているような浮遊感が身体を包み、風穴でも空いたのかと思うほどに胃腸のあたりが軽くなった。はじめは「麻薬かなにかではないか」と疑ったものの、肉体の軽さに反して頭はすっきり冴《さ》えわたっている。飲みだして四日ほどで、Nさんはこれまでの人生で感じたことがない爽快《そうかい》感をおぼえはじめたのだという。

「自分はこんなに毒素が溜《た》まっていたのか、って驚きました。宣伝どおり、身体のなかがカラッポの器になったような感覚に嬉《うれ》しくなって」

来週のママ友会で、さっそく自慢しちゃおう。みんなビックリするぞ。

満足して眠りに就いたその夜、異変は起きる。

音で、ふいに目が覚めた。

濡《ぬ》れた素足が畳を踏む、ぶじゅ、ぶじゅ、と湿っぽい響きが布団のまわりをぐるぐる徘徊《はいかい》している。目を凝らすと、暗がりをうろつく長髪の影が見えた。

強盗。

身を強張《こわば》らせた瞬間、背を向けていた影が振りかえるなり畳へ這《は》いつくばって一気に顔を近づけてきた。

知らない老人だった。

髪には小石や枯葉の破片が絡《から》まっており、皺《しわ》だらけの肌にはところどころ穴が空いている。片方の眼球だけがすっかり水気を失って、葡萄《ぶどう》の皮のようになっていた。

「そこに、はいる」

だみ声で笑いながら老人がNさんの唇を、ずちゅ、と吸ったと同時に彼女は失神した。

「気がついたときには朝でした。すぐに駅前のファストフードでダブルバーガーを三人前食べました。直感したんです。あの老人、私の〝カラッポの身体〟を狙ってたんだなって」

毒のない暮らしも、程度によりけりですね。

Nさんは「もう懲り懲り」という顔で首を振った。現在、デトックス療法はヨガだけにとどめているそうである。

# 第二十九話　風呂《ふろ》の栓

広告代理店に勤務するHさんは、CMやプロモーションなどで数多《あまた》の表彰歴を持つ、やり手の社員として知られている。雑談がてらに年収をうかがったところ、思わず呪いたくなるような金額を告げられた。それなのに、彼は新入社員時代に借りた安普請のアパートでいまも暮らし続けているのだという。

「もちろん引っ越すお金はありますよ。ただ、あそこじゃないと駄目なんです。あの部屋、厳密にはあの部屋の風呂じゃないと、僕は敏腕社員でいられないんですよ」

きっかけは入社一年目の社内コンペだった。妙案が浮かばずに行き詰まった彼は、長風呂で疲れを癒《いや》しつつ思案にくれていたのだそうだ。

「茹《ゆ》で蛸《だこ》になりかけて、そろそろあがろうと風呂の栓を抜いた瞬間に企画が閃《ひらめ》いたんです。これはイケるという確信どおり、コンペでは満場一致で最優秀賞。それ以来、あの風呂が僕の企画室なんですよ」

これだけであれば単なる《ゲン担ぎ》めいた話でしかない。ところが彼によると、その風呂は「吉兆も告げてくれる」のだそうだ。

「長い社員生活ですから、良い成果が得られなかった企画もありまして。そんなときは決まって〝風呂の栓が戻る〟んですよ」

Hさんいわく、妥協して風呂からあがると、確かに抜いたはずの風呂の栓が知らぬ間に戻っているのだという。そんなことが何度かあって、彼はこの「法則」に気がついたらしい。

「なので、最近は閃いてもすぐにあがらず、風呂に浸《つ》かったまま栓を抜いてみるんです。水が抜ければ正解、栓がするすると戻ったら再検討の余地ありってわけですよ。おかげで今年も我ながら名企画ぞろい。いやあ、自分の才能がホント恐ろしくなりますね」

得意そうに微笑むHさんを見ながら、私はどのタイミングで帰ろうか悩んでいた。

なんだ、この話は。「とても奇妙な話の持ち主がいる」と知人が言うので、私はわざわざ上京したのだ。それが蓋《ふた》を開けてみれば「風呂の栓」にかこつけた自慢話ではないか。なんのために金と時間を費やしたのかと、内心うんざりしていたのである。

「お話はじゅうぶんに理解できました。じゃ、私はそろそろ」

席から腰を浮かせた私へ「あ、でもまだ話は途中で……」と彼が告げる。

「続きがあるんです。ちょっと……気味が悪いんですが」

三ヶ月ほど前の出来事だという。

その夜、クライアントへの企画提案を翌週に控えていた彼は、いつもどおり浴槽に浸かりながらアイデアを練っていた。と、考えをまとめていたその最中、突然排水口がいきおいよく音を立て、同時に冷気が肩口を襲った。

「いつの間にか風呂の栓が抜けていたんです。でもね、変なんですよ。栓はちょうど僕の臀部《でんぶ》の真下にあるので、勝手に抜けるってことは考えにくいんです」

首を傾げつつ彼は再び栓をしてから蛇口を捻《ひね》り、お湯を足した。ところが一分も経たぬうち、またもお湯が抜けはじめたのである。見れば、動かぬように尻《しり》で塞《ふさ》いでいたはずの栓が、浴槽の底で水流に揺れている。ふと、不安がよぎった。

これは《早く風呂からあがれ》という報《しら》せではないのか。

半信半疑ながらも、Hさんは冷えきったまま浴室を出る。そして、バスタオルで身体を拭《ふ》きおえたと同時に、携帯電話が鳴ったのだという。

「岩手《いわて》の実家でした。父が脳溢血《のういっけつ》で病院に運ばれたとの連絡で……いつもどおり長風呂を楽しんでいたら、着信に気がつかなかったかもしれません」

おかげで、その夜のうちに新幹線の切符を手配し、上司にも休暇申請の連絡ができた。

翌日、彼が到着して間もなく、父親は息を引き取ったそうである。

「ね。だから、僕は引っ越せないんです」

あのアパートを土地ごと買い取るのが彼の夢だそうだ。浴槽だけならいますぐにでも買えるのだが、「効果がなくなったらと思うと踏み切れない」のだという。

# 第三十話　たすべからず

風呂といえば、もうひとつ奇妙な話を聞いた。

大学生のG君は、シャワーよりも風呂に湯を張って入浴するのが好きなのだという。

「シャワーってすぐに身体が冷えるじゃないですか。だから、マジ急いでいるとき以外はちゃんとお湯に浸かりたい派なんですよ、ジブン」

そのこと自体はとりたてておかしくない。ただ、彼の悪癖に関しては話が別である。

「風呂のなかで……つい小便しちゃうんですよ。あらかじめトイレに行っても、なぜか浴槽へ入った途端に、下腹部が水圧で圧迫される感じがして、尿意を催しちゃうんです。で、浸かったまま湯のなかにジョロジョロと」

そのお湯で頭や身体を洗うのかと戦慄《せんりつ》したが、聞けば「洗髪はきちんとシャワーを使います」との話だった。ならば最初から排水口にすれば良い気もするのだが、いまどきの若者が考えることはいまいち解らない。

「はじめは尿意を催すたび、ちゃんと浴槽から出て排水口に用を足していたんです。でもそのうちに面倒くさくなってきちゃって。どうせ流すわけだし、まあイイかって」

その行為が、いろいろな意味で「良くない」と知ったのは三ヶ月ほど前。

「カノジョ、できたんですよ。別な学部の同期生でして」

大学に入ってはじめてのガールフレンドである。アパートへ招く際は、その後の展開を想像し、ひそかに興奮していたそうだ。

ところが、いざ彼の部屋に入るなりガールフレンドは開口一番、「あのさ、お風呂で変なことするの、止めたほうが良《い》いよ」と言うなり、そのまま帰ってしまった。

「キョドりましたよ。だって、解るはずないじゃないですか。もしかして部屋全体が小便くさいのかなって、消臭剤を部屋中にかけてからもう一度メールで誘ったんですが」

彼女からは「ご不浄って言葉の意味、調べてごらん」と返信が来たのを最後に連絡が途絶えてしまった。

「やんわりと交際を断られたのかなって、ヘコみましたね」


その晩。意気消沈のG君は、うなだれながら風呂に入っていた。

ふと、いつもどおり尿意が下腹部を襲う。それと同時に、数時間前に彼女から言われた台詞《せりふ》が脳裏によみがえった。

うっせえな。ションベンくらいなんだってんだよ。

腹立ちまぎれに湯船のなかへ用を足す。開放感に続いて、再び怒りがこみあげてきた。

「ゴフジョーってなんだ、知らねえよそんな言葉。なんだよ、頭イイふりしやがって」

勢いにまかせて湯船の壁面を蹴《け》りあげた、その瞬間だった。

ずず、ずず、ずずずずず。

湯船の真下、排水口のあたりで妙な音が鳴っている。だが、浴槽から湯は漏れておらず、蛇口もぴったりと閉まっており、しずく一滴こぼれていない。

ションベンしすぎて、パイプが腐ったとか。

不安にかられ、湯船からあがると床へ這《は》いつくばって浴槽下に目を凝らす。

「げ」

浴槽と床のせまい隙間に、ちいさなちいさな子供がいた。

「海外ニュースなんかでギネス級の肥満児童が紹介されるでしょ。あんな感じの子でした。頬肉で目が埋まって、笑ったような顔になっていたのをはっきり憶《おぼ》えています」

異様に白い肌をした子供は、排水口の周辺に口をつけて排水を吸っていた。唇の動きにあわせて、身体がゼラチンのようにふるふるふるふる揺れていたという。

G君は叫びながら浴室を飛びだし、びしょ濡《ぬ》れのまま衣服を着て友人宅へ走った。

「翌朝、おそるおそる部屋に戻ってから風呂の下を覗《のぞ》いてみましたが、あの白い子供はどこにもいませんでした。それでも、しばらくは風呂に入るのが怖かったですね」

数日後、彼はキャンパスでガールフレンドと遭遇した。彼女はG君の顔を一瞥《いちべつ》してから「トイレにはトイレの意味があるの。それ以外で不浄な行為をすると、そういう目に遭うんだよ」とだけ告げると、女友達と笑いながら研究棟へ消えていったそうだ。

「ひたすら詫《わ》びまくって、無事に交際を再開しました。あとで聞いたらカノジョ、神社のひとり娘なんですって」

現在、G君はトイレ以外で用を足さぬよう努めているという。

まあ、当たり前といえば当たり前なのだが。

# 第三十一話　ふろあがり

建設業者のC夫さんは朝風呂《ふろ》を日課にしている。その日も目覚めるや風呂を沸かして、熱い湯に首まで浸《つ》かっていた。

と、その最中、妻が浴室へ顔を覗かせ「ちょっと、新しいバスタオル必要なら言ってちょうだい」と憤った口調で告げた。

なんのことやら理解ができず「なんで」と訊《たず》ねる。その言葉が火に油を注いだようで、妻は声を荒らげ「濡れた足でべたべた歩きまわらないで。畳がカビるでしょ」と叫んだ。

首を傾げつつ湯船から出て、家のなかを確かめる。

寝室、リビング、客間。すべての部屋に、びしょびしょの足跡が残されていた。

「おい、俺じゃないぞ」

C夫さんは抗議したが、妻は「じゃあ誰よ」と鼻で笑い、まるで信じるそぶりもない。

険悪な雰囲気になりかけたその直後、ある事実に気がついて彼は愕然《がくぜん》とした。

濡れた軌跡は、左足だけである。

片足なのだ。

「あッ、あいつだッ」

C夫さんの脳裏に、かつて一緒に働いていた同僚の顔が浮かんだ。

仲の良かった同僚は数年前、落下した資材と接触して片足を切断し、そのときの出血がもとで亡くなっている。現場から病院まで付き添い、最期を看取《みと》ったのはC夫さんだった。

怪訝《けげん》な顔の妻を押しのけてリビングへ走り、カレンダーを確かめる。

「やっぱり」

命日だった。

彼は出勤前に事故現場へ立ち寄って手を合わせ、一輪の花を供えたそうだ。

「忘れんでくれ、て言われたような気がします」とは、C夫さんの言葉である。

# 第三十二話　雪崩

Wさんという女性よりうかがった話。

有給休暇を取得したある日、彼女は大掃除を敢行していた。数ヶ月前に引っ越して以来、押し入れに放りこみっぱなしだった手つかずの荷物を整理したかったのだという。

しかし、作業は難航する。どれだけ片づけても押し入れの段ボール箱はいっかな減る気配がなかった。うんざりして目の前のひと箱を殴りつけた瞬間、雪崩が起きた。

積みあがった段ボールが次々に転がってくる。慌てて押さえつける掌《てのひら》を綺麗《きれい》に避《よ》けて、ピンボールよろしく荷物が床に弾《はじ》け落ちた。

なんなの、もう。

すっかりとやる気をなくしてその場にへたりこんだWさんは、おかしなことに気づく。

あれだけ派手に落下したにもかかわらず、箱からはほとんど荷物がこぼれていない。

床に転がったのは、たった三つ。数珠《じゅず》と葬祭用ハンドバッグ。そして香典を包む袱紗《ふくさ》。

すべて別々の箱に収納しておいたはずのものだった。

どういうこと。そう呟《つぶや》いたと同時に、電話が鳴り響いた。

母だった。

祖父が急死したとの報《しら》せであったという。

「なんだか〝逝ったから、ちゃんと支度しなさい〟と言われたみたいでした」

通夜の席で先ほどの出来事を語ったところ「いかにも律儀なお祖父《じい》さんらしいや」と、その場の全員が笑ったそうである。

# 第三十三話　ラジカセ

片づけにちなんだ話を、余所《よそ》でも聞いた。


U夫さんという男性が、二十年近く暮らしたアパートを引き払うこととなった。

学生の時分から住み続けていただけに、荷物が尋常な量ではない。梱包《こんぽう》だけで丸一日を費やし、押し入れの奥が見えるようになったのは夜もすっかり更けてからであったという。


ここを空っぽにしたら今日は終わろう。

己に言い聞かせながら作業を続けていると、古い扇風機の背後から黒いかたまりが姿を見せた。カセットテープの再生機、いわゆるラジカセである。

かつて愛用していたものの音声メディアの主流がCDへと移り、用済みになって押し入れへ収納していたものだった。

「うわあ、なつかしいなあ」

思わず感嘆の声をあげながらラジカセを引っ張りだす。ためしに電源ボタンを押すと、電池がまだ生きていたらしく赤ランプが点《とも》った。ふと見れば、ラジカセを押しこめていた隣にはカセットテープのケースが転がっている。懐かしさに負けたU夫さんは作業の手を止め、ケースから一本のテープを取りだすとラジカセに挿入した。

あのころ俺、どんな音楽聴いてたんだっけ。

なにが出るかと胸を高鳴らせながら、再生ボタンを押す。

「うわあ、なつかしいなあ」

スピーカーからは、十数秒前に発した自分の声が聞こえてきたという。

「間違って録音しちゃったのかなと思ったんですが……よく考えたら、声をあげたときはまだテープが挿入されていなかったわけですから、有り得ないんですよね」

ぞっとして、その日はすぐに寝た。

翌朝、もう一度確かめようとラジカセをいじってみたが、電池が切れたのかぴくりとも動かなくなっていた。その日のうちにテープもラジカセも粗大ゴミとして捨てたので、あの声がどうやって録音されたのかは、いまでも解らないままだそうだ。

「やけに自殺や変死の多いアパートだったんで、なにか関係があるんでしょうかね」

U夫さんは独り言のように呟いて、話をおしまいにした。

# 第三十四話　喝采《かっさい》と立腹

とある女性から、ご自身の体験を綴《つづ》ったメールを頂戴《ちょうだい》した。

以下は彼女が二十代のころの出来事であるという。


死にたかったのだという。

理由はメールに記してあったが、詳細は控えてほしいとのことなので伏せる。うら若き女性が死を望んだという事実だけ、憶《おぼ》えておいていただきたい。

しかしどれほど悲しみの淵《ふち》に身を置いていようとも、自ら命を絶つという行為はそう簡単に成し遂げられるものではない。彼女は毎夜のごとく刃物を首にあて、天井へ吊《つ》るすために準備した縄を握りしめて眠った。

「しにたい」というひとことが、いつしか子守唄《うた》がわりになっていたそうだ。

ある夜、いつものように彼女は刃物を傍らに転がしたまま、ぼんやりと部屋の真ん中に座っていた。食事をろくに摂《と》っていないためか、はたまた眠りが浅い所為《せい》なのか、朝靄《もや》がかかったように心はおぼろげで、悲しみも憎しみもよく解らなくなっていた。

「しにたい」

言い慣れたうわごとを、ぼんやりと呟いた、その瞬間。
ばばばばばばばばばばばばばばば
大粒の雨だれを思わせる音が六畳間に響きわたった。
驚いて窓の外へ視線を移す。
「え」
晴れている。
窓の向こうには、くっきりと街のネオンが浮かんでいる。
じゃあ、これは。
いまだ鳴り止まぬ音に耳を澄ませていた彼女は、その正体に気づいて息を呑《の》む。
拍手だ。
劇場で耳にするカーテンコールのような、満場の喝采だ。
私の死を讃《たた》えているのだ。私に早く自殺しろと促しているのだ。
そう思った瞬間、彼女のなかに怒りがこみあげてきた。
自分の死に方は自分が決める。《人でなし》に急《せ》かされてたまるか。そう思ったのだという。
「しなない」
彼女が再び呟いたと同時に万雷の拍手はぴたりと止み、部屋は静寂に包まれた。
あとには、彼女いわく「無数の〝残念そうな気配〟が残っていた」という。

「いまになって、あれは病んだ心の聞かせた幻聴だったのかも、と思うときもあります。でも……あの部屋に漂っていた大勢の気配だけは、錯覚とは思えないんです」

死ぬって、《アレ》の仲間になることなんですね。

メールは、そのような一文で終わっていた。

# 第三十五話　らくがき

秋のはじめの、ある夜中。

Cさんはアパートでパソコンの前に座り、お気に入りのサイトを閲覧していた。

二時間ほど眺め、いいかげん眠くなってきてそろそろ寝ようと思いはじめたその矢先、彼女はパソコンモニタの右隅に、小さな黒い汚れを発見する。

よく見れば、それは汚れではなかった。

マジックで書かれたとおぼしき小さな文字が、ディスプレイに記されていたのである。

文字はただひとこと、《鍵《かぎ》》とあった。

自分はこんな場所に落書きをした憶えはない。じゃあ、誰が。

気味が悪くなったと同時に、彼女は《鍵》の意味するところを考えた。

「あ」

施錠していない。今夜は見たいテレビ番組の放送時間が間近であったためダッシュで帰宅し、部屋に飛びこんだはずだ。その際、玄関の戸締まりをした記憶がない。

慌てて玄関へ急ぎ、ドアノブのターンキーをまわす。

音を立ててドアがロックされた瞬間、ノブが、がちゃがちゃがちゃがちゃと激しく回転した。Cさんいわく「殺意のある動き」であったそうだ。

腰を抜かしつつパソコンデスクまで這《は》いつくばって進み、傍らに置いた携帯電話で警察に通報する。

五分ほどで駆けつけた警察官によって、ドアノブの主は逮捕された。近隣のアパートで殺傷事件を起こし、逃走中の男だった。

その出来事から三年以上が経ったいまも、彼女はモニタの落書きを消していない。よく見ると、その文字は亡くなった父のそれによく似ているのだという。

# 第三十六話　机の父

数年前、《ちいさいおじさん》という都市伝説が巷《ちまた》で話題になった。確か、芸能人の誰かが目撃談を披露したのを皮切りに、ラジオやネット上で「自分も見た」という報告が相次ぎ、ちょっとした騒ぎになったように記憶している。

当時は「面白い話もあるものだ」と楽しんでいたのだが、一年ほど前、読者の方より頂戴したメールに、まさしく《ちいさいおじさん》としか思えないモノの目撃談が記されており、私はたいそう驚いた。

なかなかユニークな内容であるため、この場を借りてご紹介する次第である。

Eさんはその日、二年前に亡くなった父の書斎を整理していた。ひとり残された母のために、実家をバリアフリーへと改築する下準備だったそうだ。

と、百科事典が並ぶ書棚を眺めていたその最中、背後にある机あたりからストローで氷水を啜《すす》るような音が聞こえてきた。

飼い猫のミイが忍びこんだのかな。まったく、アイツときたら。

微笑みながら振りかえる。

父がいた。

全長十センチほどの、父そっくりな顔をした全裸の生き物がインク瓶に唇を近づけて、じゅうじゅうと音を立てながらインクを飲んでいた。

「えっ」

Eさんが思わず声をあげるや、ちいさな父は「べべべべべ」と頭を震わせて笑うと、全身で飛び跳ねながら机の裏へ消えた。

すぐに探したが、インクがぼたぼた垂れているほかはなにも見つからなかったという。

それからEさんは書斎へ近づくのが厭《いや》になり、業者に頼んで事典も書類もすべて捨ててもらった。それ以来、ちいさな父は見かけていないそうだ。

# 第三十七話　納得

数年前、Y君の祖父が亡くなった。

祖父は無骨な明治男で、「家長制度が和服を着ている」ような人物であったという。

「たとえば、朝飯は祖父が食べはじめるまで誰も箸《はし》をつけてはいけないんです。おかげでなんべん学校に遅刻したか解りません」

前時代的に過ぎる空気は、家のなかにも反映されていた。

彼の家では祖父だけが個室を所有し、両親は相部屋、祖母は寝室を自分の部屋と兼用、Y君自身にいたっては部屋さえ与えてもらえなかったのだという。

思春期も盛りの男性にとって、これは色々な意味できつい。葬儀が終わって間もなく、彼は「お祖父ちゃんの部屋を自分に譲ってくれ」と両親に交渉した。

「私はいまの部屋でじゅうぶんだから、好きなようになさい」

孫を思う祖母の言葉で、両親もしぶしぶ彼の依願を承諾したそうだ。

ところが祖父の部屋を使うようになってから間もなく、彼はある悩みを抱えてしまう。

「出る」のだ。

彼が自室で寛《くつろ》いでいると、鼻先に憤怒《ふんぬ》の形相をした祖父が、ぬぬうっ、と出現する。

一瞬のことで驚いたときにはすでに姿がない。そのときは「見間違いか」と思うのだが、忘れたころになって祖父は再びあらわれる。

その繰りかえしで、彼はすっかり参ってしまった。

「怖いというより落ち着かないと言ったほうが正しいですね。いつ、あの鬼のような顔が出てくるのかビクビクして暮らすんです。堪《たま》りませんよ」

祖父が出るようになって二週目、Y君は家族へすべてを打ち明け「なんとかして」と懇願する。両親はおおいに戸惑っていたが、「孫が怯《おび》えているのは可哀想だから」という祖母の訴えが決め手となって、その週のうちに自宅へ神主を招き、お祓《はら》いをしてもらった。

「駄目でした」

祖父はお祓いのあとも頻繁にあらわれた。怒りの表情は日毎に激しさを増し、ついには噛《か》みつかんばかりに歯を剝《む》きはじめたのである。

別の神社、高名な寺、しまいには著作を何冊も有している祈禱師《きとう》にまで依頼した。

「効果はゼロ。祈禱師のときなんか、帰った直後に出てきたんですよ」

「どうしたもんかねえ」

うなだれる孫の姿に、祖母も困り果てていた。

「なにか……お祖父ちゃんを怒らせるようなことをしているんじゃないのかい」

優しく問う祖母の言葉を、Y君は全力で否定する。

「漫画を読むときだって寝転がらず椅子に座っているし、お菓子だって茶の間以外じゃ食べてないよ。なにも怒られるようなことなんか……」

そこまで話したところで、Y君は祖母の視線が机の真横にある柱へ注がれているのに気がついた。

「なんだい、この……瑪瑙《めのう》みたいなの」

祖母は顔を柱へ近づけ、あちこちにこびりついた半透明の黄色いかけらを睨《にら》んでいる。

「ああ、ええとそれは……鼻くそ。俺、鼻ほじりながら本読む癖があってさ。ついつい指についてきたヤツを、そこに擦《こす》って」

説明半ばで、Y君は祖母からビンタを食らって昏倒《こんとう》する。

「怒るに決まってるじゃないか、自分が必死で建てた家の柱を孫の鼻くそで汚されて！アタシが死んでたら祟《たた》り殺すところだよ！」

「あれほど怒り狂った祖母の表情はあとにも先にも見た記憶がない」とは、そのときを振りかえったY君の言葉である。

柱を二時間かけて綺麗《きれい》にして以降、祖父はあらわれなくなったそうだ。

# 第三十八話　夕暮れブラスバンド

ある男性から聞いた話、とだけお伝えしておく。

その男性が暮らすアパートの裏手には、中学校があった。校舎からは始業チャイムや部活動の声に混じって、ときおり管楽器の音が聞こえてきたのだという。

時刻はきまって夕暮れである。部屋でまどろんでいると、チューバかトロンボーンらしき調べが流れてくる。曲名こそ解らないものの、西日の空へ響きわたるメロディーは妙にノスタルジックで、男性はその音を聞く時間が大好きであったそうだ。

あるとき、彼のバイト先にひとりの女性が新人として入ってきた。雑談の最中、彼女があの中学校の卒業生であると知った男性は、ブラバンの音色について滔々《とうとう》と語った。

ところが耳を傾けるうちに、女性はどんどん怪訝《けげん》な表情になっていったのだという。

「あの、ウチの中学、ずっと前に顧問の先生が部室で自殺してから、吹奏楽部は廃部になったままのはずなんですけど……」

「実は先日、ためしに録音してみたんですよ。録ったのが携帯電話なんであまり音質は良くないんですが」

話を終えた直後、男性は携帯電話を操作して、くだんの《音》を聞かせてくれた。

「なんの曲か、解りますか」

再生を繰りかえしながら男性が訊《たず》ねる。

しかし何度聞いても、私にはその音が《誰かの泣き叫んでいる声》にしか聞こえなかったという事実を、最後にお知らせしておきたい。

# 第三十九話　チャイムと談笑

J子さんの暮らすアパートは壁があまり厚くない。そのため、夜になると隣室で鳴っているチャイムが彼女の部屋まで届くのだという。

軽やかな音色に続いて「はあい」と女の声が聞こえ、廊下を歩くスリッパの音がぱたぱた響く。それから楽しげな笑い声が一時間ほどしてから、ようやく隣室は静かになる。

彼女が一年半前にこのアパートへ越して以来、一日も欠かすことなくチャイムと談笑は続いているそうだ。

隣の部屋が不審火で半焼し、独りで住んでいた老人が亡くなったあとも、である。

「お金が貯まり次第、すぐに引っ越します」

その日を支えに、彼女は今日もチャイムの聞こえる部屋で暮らしている。

# 第四十話　律儀

私の暮らすY県に、《お化けマンション》というあだ名の建物がある。閑静な住宅街のなかにあってわりあい高層の所為《せい》か、ときおり屋上から身を投げる者がいるのだという。そして、それに伴った奇怪な噂が絶えなくなり、いつしか先述の名前で呼ばれるようになったとの話だった。

もっとも、私はその噂をあまり信じてはいなかった。《お化けマンション》という名前こそ知っていたものの、具体的な体験談を聞いたことがないため、「単なる噂ではないのか」と疑っていたのである。

そんな考えが改まったのは、次の話を拝聴したからだ。

Bさんは、くだんの《お化けマンション》に家族と暮らしている。もっとも、彼女はこの呼称があまり好きではなかったという。

当然だろう。自分の住んでいる建物が心霊スポット扱いされて面白い人間などいない。

「違うんです。確かに、不愉快だという理由もあったんですけど……暮らしている当事者から見ても、あのマンション気味が悪くて。だからその名前を聞くと〝あ、自分が住んでいるのはお化けマンションなんだ〝って思いだすじゃないですか。それが厭《いや》だったんです」

実際、飛び降り自殺は頻繁にあった。部活から帰ってきたBさんの視界にパトカーの赤色灯が飛びこんできたことも一度二度ではなかったし、管理人がぶつぶつぼやきながらアスファルトの血痕《けっこん》をホースで洗い流す現場も目撃している。

それでも、心霊現象自体はあまり信じていなかったという。ある日の午後までは。


両親が結婚式で留守にしていた、日曜日の昼下がり。

彼女は自室のベッドに寝転びながら、友人から借りた漫画本を読んでいたそうだ。

ふと、窓の外が翳《かげ》ったような気がした。

雨かな。洗濯物とりこまないと、あとで怒られちゃうな。

しぶしぶ漫画本を枕元へ放り、立ちあがろうと身を起こした。

「え」

動かなかった。腰から下がコンクリで固められたようにぴくりともしない。驚いているうちに胸、腕、首と硬直が進み、ついにはまばたき以外、身体がまったく動かなくなってしまったのだという。

なにこれ。

と、汗を滲《にじ》ませながら天井を見つめていた彼女の耳に、かつ、と乾いた音が届く。

かつ、かつ、かっ、かっかっかっかっかっかっ。

音は廊下を挟んだ玄関の向こう、全戸へ繋《つな》がる通路から聞こえている。

靴音だろうか。そう思った瞬間、脳裏に真っ赤なハイヒールと骨に薄皮を張ったような足首が浮かんだ。彼女には母も姉もいるが赤いハイヒールなど履いてはいない。近所にも、そのような靴を好む人物など心あたりはなかった。

自分が思いだした風景はいったいなんなのか。混乱しているうちにも靴音はこちらへ近づいてくる。固い響きは、すでに自宅の手前まで迫っていた。

空がやけに暗い。部屋の灯《あか》りがおぼつかない。耳鳴りが止まらない。このままいけば、あの靴音の主は部屋に入ってくる。そんな確信だけがあった。

一秒、二秒。息を殺して待ち構える。

しかし、音は部屋の前で止まったきり、あとには続かなかった。耳鳴り、壁時計の秒針、自分の呼吸。一分が過ぎても、ハイヒールの音は聞こえない。

行ったの、かな。

息を吐いた瞬間、廊下をべたべたべたっと歩く濡《ぬ》れた足音が一気に近づいてきた。

あ、靴脱いだんだ。律儀《りちぎ》だな。

そんなことをぼんやり考えながら、Bさんは失神した。

再び気がついたときには、父母が心配そうな顔で自分を見下ろしていたという。

「両親に聞いたら、私そのとき寝たまんまでゲタゲタゲタゲタ笑っていたそうなんです。

〝なんべん揺り動かしても起きないので、どうしようかと思った〟って言ってました」

彼女はこの春、進学のために自宅を出る。

「ただ、気がかりがあって……もし引っ越した先であの音を聞いちゃったら、どうすればいいのかなって。それを考えると、憂鬱《ゆううつ》なんです」

音の主が、建物に取り憑《つ》いていてくれることを願うばかりです。

Bさんは弱々しい声でそう漏らした。マンションでは、いまでもたまに自殺者が出る。

# 第四十一話　レベル5

「心霊スポット」と称される廃屋やトンネルに赴き、きもだめしを楽しんでいたところが怪異に見舞われてしまう……怪談蒐集《しゅうしゅう》を生業《なりわい》として五年、この手の話を掃いて捨てるほど拝聴してきた。なかには食指が動く逸話もあったが、たいていは（体験者には大変申しわけないのだが）凡庸で退屈な、お定まりの展開ばかり。書き手が飽き飽きしているものを読者へ提供するわけにはいかない……そんな信念から、なるべく紹介を控えてきた。

しかし、《下手な鉄砲もなんとやら》の諺《ことわざ》どおり、ときたま「これは」と思うものに出会うこともある。以下にご紹介するのは、そんな数すくない「これは」のひとつである。

ある青年よりうかがった、彼自身の体験とだけお伝えしておく。

夏の夜、彼は友人と郊外のトンネルへ探索に赴いたのだという。地域やトンネルの詳細は、まかりまちがって訪問する読者があらわれないよう伏せさせていただきたい。

とにかく彼らは夜のトンネルを訪れ、その場でずいぶん不遜《ふそん》な悪ふざけをおこなった。

犯罪とまではいえずとも、道徳的には窘《たしな》められてしかるべき行為であったようだ。

幸か不幸かその夜はなにも起こらず、すっかりと飽きた彼らはトンネルをあとにして、無事に家路へと辿《たど》り着く。

問題は、そのあとだった。

翌週、トンネルへ行ったうちのひとりが亡くなったのである。

死因は心不全。死んでいたのは、あのトンネルの手前にある道路だった。

訃報《ふほう》を受けて、青年は首を傾げる。

トンネルは市街地から車で四十分ほどかかる場所にあり、バスや電車などの交通手段も付近にはまったくない。けれども、亡くなった友人は車の免許を持っていなかった。

つまりどうやってそこまで行ったのか、まるで解らないのである。

しかし亡くなったのは事実であるし、嘆き悲しむ親族の前でそのような話をするのも憚《はばか》られる。疑問に思いつつも、ひとまず彼は喪服を着て通夜へ向かったのだという。

まだ若いとあって、通夜の会場は悲しみに満ちていた。

家族が嗚咽《おえつ》を漏らし、参列席からもすすり泣きが聞こえる。

あのとき、トンネルに誘わなければ。

頑《かたく》なに「あの夜の遊びと彼の死は無関係だ」と自分に言い聞かせていたが、遺影を目にしてしまうと、そんな考えも吹き飛んでしまう。

心のなかで詫《わ》びながら祭壇の遺影に向かって手を合わせた、その瞬間だった。

がたたたたっ。

遺影写真をはめこんでいる木枠が振動するや、その場で外れてバラバラになった。

親族の刺さるような視線を浴びながら、青年は逃げるように会場をあとにしたそうだ。

そして、それ以来あのときのメンバーとは連絡を取らなくなってしまったのだという。

「たぶん、心霊スポットもレベルみたいなものがあると思うんです。ここは脅されるだけ、ここは怪我をするだけ、みたいな。で、僕らが行ったあそこ……きっと、五段階で言うと《レベル5》なんじゃないですかね。だから、読者の方にもぜひ知らせてあげてください。心霊スポットには、本当にマズい場所があるんだぞって」

真剣なまなざしで言葉を結び、青年は話を終えた。

# 第四十二話　有言実行

「きっかけは、休み時間のお喋《しゃべ》りだった」

そんな台詞《せりふ》から、Jさんは高校時代のある出来事を語りはじめた。

怪談を、話していたのだという。

「よくあるヤツ。煽《あお》りに煽って、最後に〝お前だあッ〟ってビビらせる、そんなタイプの話。つまり、ビビらせるターゲットがいたわけ」

標的は、ヤスグチという男子生徒だった。学力も腕力もとぼしいのに、「中学のテストは三年連続トップだった」「他校の生徒と一対三十で喧嘩《けんか》して圧勝した」などと、なんの得があるのか解らない虚言を吐く人物であったという。

「ほかにも〝小学校でカノジョが二桁《ふたけた》いた〟とか〝スキーで日本代表に選ばれた〟とか、すぐバレる嘘だらけ。まわりからは無視されるかイジられるかのどちらかだったな」

世間話のふりをして、ヤスグチの前で怪談をはじめる。「怖くねぇなあ」と、話の途中で何度も口を挟まれるのには、Jさんもたいそう閉口したそうだ。

やがて、クライマックス。いよいよ幽霊が登場したその瞬間、背後にまわっていた別な男子生徒が、ヤスグチの椅子を後ろに思いきり引っ張った。

「うわあぁぁぁ」

椅子から転げおちたヤスグチのズボンが、濃い色に染まっていく。

「おい、マジか。ヤスグチ漏らしたぞ」

「悪い悪い、やりすぎた。お前がこんなにビビりとは思わなくてさ。勘弁してくれ」

「しかしお前、〝俺は幽霊を成仏させたことがある〟って言ってたじゃねえか」

周囲が爆笑に包まれるなか、ヤスグチは「本当だよ、俺は心霊スポットでキャンプしたこともあるんだ」と絶叫した。その発言で、場はなんとなく白けてしまったという。

「どうしてこの期に及んでまだフカすのか疑問だったよ。で……その後ヤツは己の否を認めるより、《嘘を真実で上塗りする》という手段で解決を試みるんだけどさ……」


翌日、ヤスグチは登校してくるなり得意そうな顔で「ホラ、証拠だ」と数枚の写真をJさんたちへ見せびらかした。

ストロボに浮かびあがるゴミだらけの部屋。落書きまみれの壁に床が抜け落ちた浴室。

「郊外にある、廃墟《はいきょ》になったペンション。このあたりの連中なら知らない人間のいない《心霊スポット》だった。主人が経営不振で首を吊《つ》ったって、そんな噂があったな」

ヤスグチはJさんたちを見わたして、「どうだ。俺は昨日ここに泊まってきたんだぞ。嘘じゃないぞ」と鼻息を荒くした。

「解った解った、お前は立派だよ」

Jさんはすっかり呆《あき》れかえって降参する態度を見せたが、ほかの生徒たちは違った。

「お前、こんなの序の口だろ」

「行ったら呪われるとか死ぬとか、ヤスグチならそういう場所も平気だよな」

周囲の煽動《せんどう》に、ヤスグチが「当たり前だろ」と答える。

そして、彼は本当に《証拠写真》を連日持ってきたのだという。

「自殺トンネルに幽霊マンション。しまいには触れれば呪われると噂のある首塚まで……まわりはとっくにドン引きしてたけれど、俺はそのたび写真を見ながら話を聞いていたよ。なんだか〝コイツをここまで必死にさせたのは自分らだ〟って負い目があってさ」

ヤスグチは三年生の冬まで四十ヶ所以上の心霊スポットを巡り、卒業する。

「話は、これでおわりだ」


あっさりと話が終わり、思わず私はメモ帳へ走らせているペンを止めた。

なにもなかったのか。なにかを見たとか、呪われたとか死んだとか。

こちらの表情で言わんとするところを悟ったのだろう、Jさんが首をすくめて「まあ、そういうことだ。アイツは無傷だよ」と告げた。

では、この話はなんだったのだ。虚言癖のある同級生が追いつめられ、心霊スポットを躍起になって探訪した……それだけではないか。すくなくとも、怪談ではない。

「じゃあ、私はこのへんで」

と、落胆を隠そうともせずに撤収をはじめた私の手を、Jさんが押さえた。

「まあ待ちなよ。最後の最後に、これだけ聞いていってほしいんだ」


取材のひと月ほど前、Jさんは渋谷《しぶや》の交差点で声をかけられたのだという。

背後に立っていたのは、すっかり垢抜《あかぬ》けた格好のヤスグチだった。

「俺、こっちの専門学校にいるんだよ、今度ウチの彼女と三人で遊ぼうぜ。コイツも上京したてで、友達がいなくてさ」

ヤスグチはJさんへ名刺を渡してから、親指を突きたてて自分の背後を指した。

どう見ても七十歳をゆうに超えている女が、高校の制服を着てにかにかと笑っていた。小麦粉を塗りたくったような化粧の女は、つけまつげの取れかけた瞳《ひとみ》でJさんへウインクしてから「このしと甘えん坊なの。お経を唱えないと寝ないんだから」と、歯のない口を開いて笑い、ヤスグチの腕を引きながら雑踏へ消えていったそうだ。

「呪いだとか祟《たた》りだとか信じているわけじゃないんだ……でも、あれだけの数の心霊スポットを巡っていれば、そのうちひとつくらい《マジモン》があるんじゃないか。ヤスグチは《それ》にヤラれちまったんじゃないか……そう思えてならないんだよ」

後日、貰《もら》った名刺の番号へかけてみたが、電話は繋《つな》がらなかったそうだ。

## 第四十三話　ラジオ

心霊スポットにちなんだ話で、もうひとつ興味深いものを聞いた。

Q君は四年ほど前、サークルの後輩を引きつれて真夜中の廃屋探検に出かけた。

「廃墟ブームとか騒がれていた時期で、興味があったんですよ。そしたら後輩が〝この近くにも火事で焼けたままの廃墟がありますよ〟なんて言うから、じゃあ行こうと」

バイパスからわずかに離れた住宅街の角に、その廃屋は建っていた。

風になびいている立ち入り禁止のテープをくぐって内部へ侵入する。割れた窓ガラス、焦げた絨毯《じゅうたん》、焼け残ったソファベッド。炎にやられ炭と化した柱は、さながら爬虫類《はちゅうるい》の皮膚のようでゾクゾクしたそうだ。

ところが、はじめこそ興奮ぎみに室内を撮影していたものの、すぐにQ君は退屈をおぼえてしまったのだという。

「何枚撮ったところで、代わり映えのする写真にはならないでしょ。つまんなくなって、面白いものは落ちてないかと、あたりを物色しはじめたんです」

懐中電灯で床を照らしながら、爪先《つまさき》で瓦礫《がれき》を崩していく。と、漁《あさ》りはじめて間もなく、炭化した机のあたりで、彼はきらりと反射するものを見つけた。

近づいて拾いあげると、反射の正体は小型のラジオだった。

ラジオは火事場に似つかわしくないほど真新しく、損傷も煤《すす》の汚れも見あたらない。

「よし、あとでリサイクルショップにでも売んべ。その金で線香でも買って供えりゃ、文句ないっしょ」

苦笑する後輩に嘯《うそぶ》きながら、彼はラジオをパーカーのポケットに入れた。

「その後は特にめぼしいものも発見できなくて……後輩も自分もすっかり飽きちゃって、場の空気が《帰るモード》になった、そのときでした」

ぴごっ、ぴごぴごぴごっ。

突然、焼け跡に奇妙な音が響いた。ラジオのチューニングを試みるような、電子音。

ラジオ。

慌てふためいてポケットからラジオを取りだす。音は、手許《もと》から鳴っていた。

「ッんだ、これ」

驚いた自分が恥ずかしくなり、彼は思わずラジオを壁に叩《たた》きつけた。がしゃん、と音を立ててラジオが転がる。ぶつかったはずみで、電池を入れる部分の蓋《ふた》が弾《はじ》けとんだ。

「え」

電池は入っていなかった。

「もっともその時点では怖がってなかったんです。すげえ、ガチだぜって興奮していたくらいで。あれ、と思ったのは、ラジオを回収しようと近づいたときでした」

衝撃で角の欠けたラジオからは、いまだにノイズが聞こえている。

マジかよ、これって本気でヤバいでしょ。

確認を促すつもりで背後へ向き直った直後、真っ青な顔でこちらを睨《にら》んでいた後輩が、一歩下がってから口を開いた。

「先輩……なんで、さっきから変な声だしてるんですか」

「え」

疑問符と同時に、喉《のど》の奥から、ぴごぴごっ、と耳障りな音が漏れた。

自分の声だった。

「なんでッ」

そう叫んだと同時に、意識が途切れたという。

「気がついたときには車のなかでした。倒れた自分を後輩が運んでくれたそうなんです。帰り道は……無言でしたね」

そこまで話し終えてから、Q君は深呼吸をしたのち「実は」と呟《つぶや》いた。

「例の後輩とはいまでも仲がいいんですけど……この間、そいつに言われたんです」

先輩、いまでもたまにあの声だしてますよ、って。

お祓《はら》いに行くべきかどうか、悩んでいる最中だそうだ。

# 第四十四話 はいおんな

以下は、ある男性よりうかがった話である。氏名や地名など特定される情報をいっさい書かないという条件で、掲載の許可をいただいた。

彼が学生時代を過ごした町のはずれに、ちいさな沼があった。沼はかつて貯水池として使用されていたが、浄水場の新設に伴い放置されたとの話で、男性が越してきたころには子供や老人が釣りを楽しむ場所として、その役割を変えていたそうだ。侵入禁止の金網も張られてはいたが、穴だらけでまったく役目を果たしていなかったらしい。

さて、この沼にはちょっとした噂があった。《はいおんな》である。

真夜中になると、髪の長い女が沼から水びたしでずるずる這《は》いだしてくるのだという。這いずっているから《這い女》。初めて聞いたときには、「安直なネーミングだな」と思ったそうである。

女の正体については、「殺されて沼に投げこまれた遊女である」だの「身売りされるのを嘆いて投身した娘である」だのと諸説があった。なかでも「数年前に車ごと沼へ飛びこみ心中した男女がいたが、男だけ生き残った。女はそれを怨《うら》み夜な夜なあらわれるのだ」という説がもっとも支持されていたらしい。昔からこの地区に暮らす人間によれば、確かに車での心中事件が過去にあったとの話だった。

「げに恐ろしきは女の怨念《おんねん》だ」

そんな台詞《せりふ》とともに、地域の人々は《はいおんな》の噂を語って聞かせた。もっとも、その言葉は教訓めいたものではなく、沼の付近できもだめしをする際の前口上であった。

そう、沼はいまでいうところの「心霊スポット」的な扱いを受けていたのである。


ある夏の夜、彼はこの沼へ仲間数名とやってきた。目的はもちろんきもだめし。貧乏で時間だけはたっぷりとある、そんな学生の暇つぶしであったようだ。

風向きの所為《せい》なのか、濁った水の臭気が昼間よりも強い。懐中電灯であたりを照らすと、光と足音に驚いたカエルの群れが水のなかへ逃げていった。

さて、勇んでやってきてはみたもののしょせんは沼である。建物のように進路や最終目的地の部屋があるわけでもない。到着から五分も経たぬうち、全員が飽きてしまったのだという。

「そろそろ帰るか」

あくびをしながら男性が呟いた、そのとき。

道を照らした懐中電灯の光に、裸足《はだし》の女が浮かびあがった。肌が蛍光管のように白い、長髪の女だった。苔《こけ》とも藻ともつかない緑の草が、女の唇からざぶざぶ零《こぼ》れているのが見えた。

はいおんな。

でも、這ってないじゃん。

噂を思いだしつつも混乱する一同が小声で囁《ささや》きあうなか、女はまるで彼らなど見えていないかのように、そのまま麓《ふもと》へ続く道を歩いて、闇の奥へと消えた。

女の姿が見えなくなったあとも、彼らはその場をしばらく動かなかった。もしも帰りの道で再びあの女に出会ったらと考えてしまい、戻る気になれなかったのだそうだ。

やはり、あの女は噂の《はいおんな》に違いない。自分だけ助かった恋人の姿を探して、毎夜さまよい続けているのだ。

興味を抱いた男性はさらなる真相を探ろうと図書館へ赴き、過去の新聞記事を漁った。ところが、該当の記事を発見するなり、彼は頭を抱えてしまう。

生き残っていなかったのである。

沼に落ちた車からは、男女ふたりの死体が発見されていたのだ。

記事によれば発見当初、男の身元ははっきりしなかったらしい。曖昧《あいまい》に書かれているが、どうやら逃げだそうと窓の隙間から上半身だけ出していたために、腰から上のほとんどを魚に食われていたと見られる。女性の詳細も不明とあったが、こちらは反対に車へ残っていたために死体が腐敗し、顔が判別できないほど膨張していたためだと解った。

では、あの女は何者なのか。仮に車内で死んでいた女の幽霊だとして、なぜ生前の姿で歩いているのか。そして、どこへ行こうとしているのか。

「あれから何十年……ずっと考え続けてね。ついに解ったんだよ」

ある出来事がきっかけでね。

男性はゆっくり呟いてから、静かに頷《うなず》いた。

以下は、その《はいおんなの謎》を解くにいたった、彼自身の体験である。

# 第四十五話　はいおとこ

あの沼で女を目撃してから、数年後。

大学を卒業して都内の寮に暮らしていた彼はその夜、ひどい高熱に苦しんでいた。

「体温計の目盛りがあっさり四十度を超えてね。朦朧《もうろう》としつつ〝ああ、死ぬかも〟なんて考えていたっけ」

夜中になっても熱は下がらなかった。関節が痛み、頭痛で無意識のうちに声が漏れた。視界が狭まるにいたって、いよいよ本気で死を覚悟したそうだ。

せめて、熱だけでも下がれば。

布団の上でのたうちまわりながら、男性は玄関へ視線を送った。

数ヶ月前、隣室に住む同僚が骨折した際、彼は手許《もと》にあった解熱用の座薬を渡していた。しかし、のちのち同僚から「座薬を投与したことがないので、使う気になれなかった」と言われたのを、思いだしたのである。

ならば、あの座薬は隣室にまだあるはずだ。あれさえあれば。

「ところが、身体がまるで動かなくってね。立てないどころか呼吸するのさえ苦しいんだもの。いつもは十数歩で辿《たど》り着く玄関までが、フルマラソンのコースに思えたよ」

頭では解っているのに気力が追いつかない。這いずりながら玄関まで進み、隣室を訪ねて座薬を取りもどす夢を、男性は何度も見た。

「そう、夢なんだ。自分では歩いているつもりでも、全部脳ミソのなかの出来事なんだ。あれはキッい。なにも解決していないと気づいたときの絶望感が半端じゃない」

ざやく、ざやく。

うわごとを繰りかえしながら、男性は半ば失神するように意識を失った。


「あれ」

目覚めたときには、いくぶん痛みが引いていた。

気怠《けだる》さは残っているものの動けぬほどではない。関節の痛みも、ほとんど消えていた。

ふいに妙な感触に気づき、男性は自身の掌《てのひら》を眺めた。見れば、よれよれになった銀色のかたまりが握られている。

アルミ包装された、座薬の殻だった。

「でも、おかしいんだよ。その日は高熱で帰宅するなりスーツを脱いで、下着姿で布団に倒れこんだんだ。ところが起きたときにはそのときのままの格好だった。いくらなんでも、パンツ一丁で同僚を訪ねるはずはないじゃないか」

確かめてみると、同僚は「ああ、確かに昨夜〝座薬を返してもらっていいかな〟って来たじゃないか」とあっさり答えた。

「なんでも、きっちりとしたスーツ姿で態度も普通だったらしい。ただ、同僚が言うには〝隣室なのに、ドアの開閉の音が聞こえなくて妙に思った〟らしいんだが……」

この経験を踏まえ、彼はある仮説に辿り着いたのだという。

「おたくもさ、トイレに行ったつもりで実はまだ布団のなか……って経験あるだろ。俺が沼で見たあの女は《そういうモノ》だったんじゃないか、車から抜けだしたいと願う女の意識を見ちまったんじゃないか……そう考えているんだ」

得意満面に言ってから、男性は「斬新だろ。かならず書いてくれよ」と念を押した。

読者諸兄は、いかがお考えだろうか。

# 第四十六話　はいばす

Sさんの実家の近くには、かつて自動車修理工場だった施設が残っている。

施設の駐車場には錆《さ》びたスクラップ車が数台停められており、なかでも中央に鎮座する市営バスの巨大な残骸《ざんがい》は、緑色のボディも相まって非常に目立っていたそうだ。

「僕が中学生のときには既にあったから、かれこれ十五年以上は放置されていますね。月のきれいな夜に見ると、大きな獣が眠っているみたいでギョッとしますよ」

ある八月の夜。帰省中のSさんは親戚《しんせき》宅での宴会を終え、家への道を歩いていた。と、廃バスの脇へさしかかった折、歌が耳に届いたのだという。

童謡のようで、どことなくその歌詞には憶《おぼ》えがある。

いったいなんの歌だっけ。そもそも、誰が歌っているんだ。

不思議に思いながら、あたりへ視線を巡らせる。

歌の主は、廃バスの窓からこちらを見下ろしていた。

アーモンドのように細長い顔をした女がにこにこにこ笑いながら手を振っている。大きく見開いた瞳《ひとみ》のなかで、胡麻《ごま》に似た黒目がいくつも動いていた。口ずさむ唇は流れる歌とまるで合っておらず、音声のずれている映像か腹話術師を連想させたそうだ。

歌声がいちだんと大きくなった瞬間、Sさんは走ってその場から逃げた。

家に着くなり、祖父にいま目にしたものを告げたが、「お盆やからのう、いろんなモノが帰ってくるんじゃろ」と、にべもなかった。

女はその日以来、見ていない。

「実は、あの女が歌っていた童謡がなんなのか、あれからずっと気になっているんです。どれだけ考えても思いだせないんですが……知らないほうが良《い》いという予感もして」

取材の終わり際、私はSさんへ「記憶をたよりに歌ってくれませんか」と頼んでみた。

彼は驚きつつも、（場所が喫茶店だった所為《せい》だろうか）小声でくだんの歌を口ずさんだ。

しかしその歌は、私の知っているどんな童謡とも似ておらず、まるで獣の唸《うな》りのように奇妙な抑揚のメロディーだったことを、念のため書き添えておく次第である。

# 第四十七話　S氏の証言

　あんた、私が言った一字一句書いてくれよ。変な脚色されるとかなわんから。え、「ああ」とか「ううん」とかは省いて構わんけどな。まあ頼むよ。

　定年まで警察官やっとったわけよ。人生の半分以上だ、そら変なモノもたまに見るさ。たいていはホトケさんだな。まあ何百も見とると、なかには珍妙なホトケさんもあるわ。骨になってんのよ。いやいや、白骨死体なんてのは最近じゃ珍しくもない。孤独死というヤツだ。そうじゃなくて、一部よ一部。身体の一部だけ、ごそっと抉《えぐ》れとるのよ。ま、ペット飼っとるなら有り得るわな。飼い主が死んで、餌を貰《もら》えなくなった犬や猫がひもじさのあまり……これなら話が解りやすいがな、そうじゃねえから困っちまうんだよ。ペットなんかいねえんだ。猫の子一匹って言葉があるがよ、ネズミ一匹も入れないような場所で死んどるホトケさんでも、頭の後ろだけ削れていたり、肘《ひじ》から先だけが骨になっていたりするんだわ。まあ、鑑識も慣れたもんでよ、「またですか」ってなもんだわ。

　で、そういう家にかぎって妙なモン拝んどる。そらあ、私は宗教の専門じゃねえから、「どんなふうに妙なのか」なんて訊《き》かれると困るんだけどよ。仏壇とか神棚とか、私らが普段に目にしているような、いつも手を合わせるようなものとは違うんだわ。

アフリカ……だと思うんだが、とにかく他の国のお面やら木彫りの像やらが並んでいる家とかよ。あとは、神様だかバケモンだかよく解らん像——それも人間くらいの大きさのもんだわ——それが家のなかにででんと飾られている家だとかな。そんなとこに限って、ホトケさんが身体のどっかを持っていかれてるんだよ。ありゃあ不思議だった。

素人考えだがね、やっぱり長いこと拝まれている神仏ってのは、それなりに人間と仲良くできとるんじゃないのかね。そうじゃないモノとか、その国にもともといなかったモノは、やっぱり相性が悪いんだと思うよ。

ま、私は警察官辞めたからこういう話もできるわな。現役の連中に聞いたって、そりゃ「知りません」と言うしかなかろう。仕事っつうんは、そういうもんだからね。

どうかね、こんな話はゴロゴロしとるのかね。え、はじめて聞いたか。それは良かった。世の中ってのは、もうなにもかも解ったように見えて、こっそり変わったことがあるから面白い。私はそう思っとるんだわ。そのへんも上手《うま》く書いといてくれ。まあ頼むよ。

# 第四十八話　M氏の証言

ほお、S氏のご紹介ですか。はい、はい、不思議な話ねえ。なるほど。ホトケさん……死体の話は聞きましたか。あれは彼の十八番《おはこ》の持ちネタでね。はは。ま、私もS氏と同じ元警官ですから、その手の変わった経験はいくつかありますよ。

遺体安置所というのがあるでしょう。司法解剖にまわす死体や、引き取りを待つホトケさんをおさめておく場所ですが、署のなかではなく外にあるんです。倉庫のような建物で、薬品とステンレス、それと死体の臭気が混ざって、独特のにおいでね。

そこでね……歌が聞こえるんです。いやいや、そんな大きな声じゃない。鼻歌みたいな、囁《ささや》くような、むううん、むううん、ってかぼそい声ですよ。なんの歌かも解らない。ではね、遺体を確認していると、部屋のなかでその声が聞こえるんです。そりゃあ怖い。新米なんぞ仕事そっちのけで青い顔をして署に戻ってくる。で、もちろん怒られると。はは。

でも、おんなじ歌声なんておかしいでしょう。遺体はほぼ毎日入れ替わるんですから、誰かがずっといることになる。まあそれでも、世の中なんて割り切れることばかりじゃないですからねえ。嚙《か》みつかれるわけじゃなし問題なかろうと思って、私なんかは気にしていなかったんだが……その年に新しくきた署長はそうでもなかったみたいでね。署長自身は安置所に行くことなんてないわけだから、黙っていればいいと思うんだが、まあ、怖がりだったんでしょうねえ。

お祓《はら》いをするって言いだしたんですよ。

もちろん警察の予算なんかじゃあできないから、署長の自腹でしょう。あ、それとも別な施設の地鎮祭とか適当な名目をつけたのかな。まあ、そのへんは、私はなんとも。

で、神主に頼んだんだろうと思っていたら妙な婆さんがやってきたんです。霊媒師というんですかねえ、ああいう人。署長の知りあいだったみたいですけれど。

そんなこんなでみんなが戸惑うなか、お祓いがはじまったんですよ。祝詞《のりと》でもないお経でもない、あまり聞いたことのないやつを、婆さんはモニャモニャ唱えていましたよ。

ところが……止まったんです。途中で。全員「こんな中途半端でおしまいか」なんて、きょとんとしちゃってね。そしたら婆さん、くるっとこちらを向いて、笑ったんです。

「心配ないよ」って。

「あれは、ここへ毎日《死にかけの人》がくるから、面白がって覗《のぞ》きにきているだけだ。特に悪さもしないし、好きにさせても問題ないでしょう」

そう言うなり婆さんは帰っちゃいました。

はは。いやあ「死にかけの人」って言葉が面白くてねえ。確かに四十九日前だもの、まだお浄土へ行ってないとすれば死にかけだ。

みんなそれで納得して、それでおしまいです。署長だけはますます怖がっちゃって、一年で異動しましたがね。

ええ、歌はまだ聞こえるみたいですよ。どうですか、今度聴きに行ってみますか。

# 第四十九話　懇願

以下は、関西在住の知人であるI君が「バスに乗っていたとき、耳にした会話」を書き起こしてもらったものである。時間は午後の二時半過ぎ。背後の席で会話を交わしていたのは、六十代とおぼしき主婦ふたり組だそうだ。


「あんな、おかあさん出るねん」

「おかあさんてアンタのお母ちゃんか」

「ウチのはピンピンしてるがな。旦那《だんな》の母親、お義母《かあ》さんや」

「亡くならはったんか」

「去年、ガンで逝ったわ。××さん（病院名らしい）に入院して」

「あそこ、あかんで。前、保険証忘れたら〝受け付けられません〟とかヌカしよんねん。ほんで……（以下、しばらく病院の文句が続いたという）で、お義母さんどないしたん」

「せやから出るねん。和室で昼寝しとったらな、箪笥《たんす》の前にぼおっと」

「いやッ、それ幽霊やないの」

「でも、格好がおかしいのよ。お義母さん、いつも小綺麗《こぎれい》な格好してたてん。和服でな」

「アタシあかんねん。お便所しにくいやろ。サカモトさんの娘さんの結婚式で着たら」

「（遮って）せやのに、汚いねん。お義母さんの格好、だらしないねん。だらぁんと着物をはだけさせて、乳とか見えとんの」

「帯してへんの」

「（無意味に相手の肩を叩《たた》き）締めてないのよ。ほんで、歯ぁ食いしばって呻《うめ》いてから消えんねん」

「……アンタ、なんか怨《うら》まれとんのちゃうか」

「なんでやねん。あんだけ世話して、最期も手ぇ握って看取《みと》ったんやで。なにを怨まれなアカンの、いう話でしょ。でも、なんべんも見たら気になるやろ。せやから、お義母さんの部屋を調べてみたんよ。そしたら」

「そしたら」

「呉服屋さんの注文書があったの。西陣の袋帯を予約しててな」

「高いやろ」

「高いねん。傘寿のお祝いで締めるつもりやったらしいわ。たぶんそれが心残りになって、お義母さん出てきとんねん」

「ほんなら、お金払って買《こ》うたんか。お義母さんの供養に」

「アホか。なんで私も持ってないような高い帯、死人に買わなアカンの。呉服屋さんにはキャンセルの電話入れたわ」

「でも……それやったら、お義母さん浮かばれんで」

「せやねん。だからな、いまでも出んのよ。だんだん汚れがヒドくなってきてな。最近はもうゴミ被《かぶ》ったみたいになっとるわ」

「いやッ、今朝ゴミ出し忘れたん思い出したわあ」

そこでちょうどバスが停まり、主婦ふたりは大声で笑いながら降りていったという。

大阪での、話だそうだ。

# 第五十話　発火装置

居酒屋でたまたま隣に居合わせた、春倉《はるくら》氏（諸事情により実名である）という男性からうかがった話である。彼の知人、Fさんの身に起きた出来事だそうだ。


数年前、Fさんはテロの恐怖に脅えていた。

「爆発とともに周囲が炎に包まれて、死ぬ悪夢を見るんだ。夢の舞台は家だけじゃない。車を運転しているとその車が爆発する。電車で転寝《うたたね》していると車両が火だるまになる。きみ、これは絶対にテロの予知夢だよ」

彼は春倉氏にもそのように告げて、新聞社かマスコミに顔見知りがいないかを訊《たず》ねた。普段は冗談ひとつ言わないFさんの真剣すぎる表情に、春倉氏も戸惑ったそうだ。

やがて彼は古いアパートへ引っ越し、極力外出を控えて閉じこもるようになった。

「四部屋すべてを借りた。一軒家を買うよりも安上がりで安全だよ」

そう言いながら笑っていたという。

しかし、Fさんは死んだ。

借りていた空き部屋の配線がショートし、火災が起こったのである。火元からいちばん遠い部屋に寝泊まりしていたFさんは逃げ遅れ、火に巻かれてしまったらしい。

葬儀の席で、春倉氏は彼の親族から意外な話を聞く。

Fさんの父も祖父も従兄《いとこ》もその息子も、彼の家系では男性ばかりが火事で死んでいたのである。場所も出火の理由もばらばら、共通しているのは焼死という一点のみだった。

「主人が死んだときはあの子もちいさくて。怖がらないよう死因は伝えなかったんです。教えていれば、もうすこし火に気をつけて暮らしていたかもしれないのに……」

彼の母親は、そう言って涙をこぼした。

「私が思うに、彼や彼の一族は《発火装置》みたいな役目だったんじゃないでしょうか。何処にいても結果は同じだった気がします……こういうのも、怪談というんですかね」

春倉氏は、こちらをうかがいながらグラスを呷《あお》った。

# 第五十一話　おかあさんのシチュー

続けて、春倉氏から聞いた話。

彼の知人、Rさんの娘さんにまつわる出来事だという。

ある日、娘さんがボーイフレンドのアパートへ行ってみると、彼が台所でコンロの鍋《なべ》とにらめっこをしている。普段は米さえ炊かない人間だったので、たいそう面食らった。

驚いた旨を正直に告げると、ボーイフレンドは照れた顔で「自分でも解らないんだけど、なんだか無性に母親の作ってくれたシチューを再現したくなって」と笑った。

やがて、シチューは一時間ほどで完成した。

ミルクをたっぷりと使った、にんじんが多めの甘い味つけだったそうだ。

「ああ、懐かしいなあ」

彼はそう言いながら、大鍋いっぱいに作ったシチューをすべて平らげた。いつもならチェーン店の牛丼でさえ「多い」と残す小食な人間である。信じられない食べっぷりに、娘さんは二度びっくりしたという。

そして彼はその後バイトへ出かけ、そのまま帰らぬ人となった。

遅刻を避けようと信号のない道路を渡り、トラックに半キロ引きずられたのである。娘さんが駆けつけた事故現場には、モップで擦《こす》ったような血痕《けっこん》に混じって、ピンク色になったシチューが点々と残っていたそうだ。

「無意識のうちに死期を悟ったんじゃないか……娘さんは後日、そう話していました」

春倉氏はそう言うと、見えない誰かへ捧《ささ》げるようにグラスを掲げて目を瞑《つぶ》った。

# 第五十二話　春倉氏の話

一連の話を聞き終えて、私は気まぐれに春倉氏へ訊ねた。

「あなた自身が不思議な目に遭った経験はないんですか」

私の問いに薄く笑ってから、春倉氏は「私、守られているんですよ」と言った。

「母の実家は巫女《みこ》の家系でして。普通は女児が複数生まれて《力》が分散されるらしいんですが、母は私ひとりを産んですぐに亡くなったので《力》が私に集中したんです……ただ、私は女性ではないので、その《力》をうまく使えないんですけれどね」

彼の言葉に頷《うなず》きつつ、私は「ずいぶん派手な話を作ったものだ」と苦笑していた。

巫女の家系。力。伝奇系の小説にでも出てきそうなキーワードだ。あまりにも現実離れしている。たぶん彼はその手の物語が好きで、自分とお気に入りの主人公を混同しているのだろう。もしかしたら前の話も、場を盛りあげようと彼がでっちあげたのかもしれない。その割には、なかなか生々しかったが。

と、私の表情をちらりと見た春倉氏が「まあ、信じられないのも無理はないです」とふたたび笑ってから、居酒屋の店員へ会計を求めた。

気分を害したか。どうせなら最後まで《おつきあい》してあげても良かったかな。

申しわけなく思い口籠《ごも》る私へ、春倉氏は「ま、怪異というのは〝百聞は一見にしかず〟ですよ」と言いながら握手を求めると、暖簾《のれん》をくぐってネオン街へ消えていった。

ひゃくぶんは、いっけんにしかず。

彼の言葉を繰りかえしていると、食器を下げにきた店員が隣で「うわ」と声をあげた。

「おお」

割り箸《ばし》が水飴《みずあめ》よろしく、記号の《&》を思わせる形に曲がっていた。慌てて表へ飛びだしたが、春倉氏の姿は見つけられなかった。

そんなわけで、私は春倉氏に再会したく、彼の所在を現在も探しているのである。よって、この一連の怪談は実名にて掲載した次第だ。

春倉氏本人、ならびに彼をご存知の方はご一報いただきたい。

# 第五十三話　わらびもち地蔵

石材店の三代目である、F君という男性から聞いた話。

彼が家業を継ぐ前に師事していた親方が、昭和の終わりに体験した出来事だという。

親方は、地元でも名うての石工として知られていた。とりわけ石仏の類《たぐい》は評判が高く、柔和な顔だちは他の者では真似できないと言われていたそうだ。

ある日のこと、親方の評判を聞きつけた地区の町内会が、一体の地蔵を彫ってほしいと依頼にやってきた。なんでも地元の伝説にちなんだ地蔵を街道筋に設置し、地域おこしにひと役買いたいとの話だった。

「地元に貢献できる」と、親方はふたつ返事で引き受けた。

「ひと月もありゃあ、立派なヤツをこしらえてみせるぜ」

ところが、地蔵は一ヶ月で完成しなかった。彫りあがる直前に親方が寝こんでしまったのである。F君によると「インフルエンザだったのではないか」との話だが、その真相は解らない。大の医者嫌いである親方が、決して病院に行こうとしなかったからだ。

「彫らせてくれ。あとは目鼻を整えれば地蔵になる。今のままじゃ〝地蔵もどき〟なんだ」

そう言って布団から這《は》い出そうとする親方を止めるのに、ひどく苦労したという。

けれども、親方は諦《あきら》めなかった。

ほかの人間が帰った真夜中、作業場へ忍びこんだのである。

朦朧《もうろう》とするなか、ふらつく足で地蔵を置いてある作業台へと向かう。暗がりに地蔵のシルエットを見つけた途端、安堵《あんど》感から一気に目眩《めまい》が襲ってきた。

その場にかがみこんで息を整えていた、その最中。

ず。

奇妙な音に、おもてをあげる。

わらび餅《もち》がいた。

半透明のわらび餅に似たかたまりが、暗がりに立つ地蔵の口をずるずると吸っていた。人間の輪郭をぼやかしたような、「人を懸命に真似ている」形状であったそうだ。

「わあッ」

思わず親方が叫んだと同時に、こまかく震えていたわらび餅の動きが止まった。

「オじゃマしまス」

水音のような声で笑ってから、わらび餅は地蔵の口へ吸いこまれて消えた。

高熱の所為《せい》で幻を見たのだ。親方はそう自分に言い聞かせてその夜の出来事を忘れ、町内会との約束どおり、地蔵を旧街道の交差点角に納めたのである。

だが、しばらくすると交差点では死亡事故が多発するようになった。くだんの地蔵も、設置して一年ほどで居眠り運転のトラックに砕かれてしまった。

「きちんと造りあげねえと妙なモノが入るんだ。だから、ヒトガタを彫るときは気をつけろよ」

独立に際し、親方はF君にそう告げたという。

# 第五十四話　こわい地蔵

北日本の、とある村にて拝聴した話である。

その村には、《こわい地蔵》と呼ばれる地蔵尊が村はずれの四つ辻《つじ》に立っていた。《こわい》とは《恐怖》の意味ではなく、《疲れた》をあらわす方言である。

この地蔵、日の高いうちは柔和な面立ちなのだが、いつのころからか、夜になると唇を曲げ、眉間《みけん》に皺《しわ》をよせた苦悶《くもん》の表情を浮かべるようになった。その顔はさながら重荷でも背負っているようで地蔵の面相とはとうてい思えず、あんのじょう夜道で地蔵を見るなり腰を抜かす者が絶えなかったという。

斯様《かよう》に禍々《まがまが》しい像であれば、土地によっては「祟《たた》りではないか」「障りではないか」と、騒ぎになってもおかしくない。だが村人は誰ひとりとして慌てなかった。「地蔵さんだって、日がな一日立ちっぱなしでは疲れるんだべい」と、しごく普通に受け止めていたらしい。

そんなわけで、地蔵はいつしか《こわい地蔵》の名を冠するようになったのだそうだ。

さて、時代は昭和の半ば。高度経済成長に倣いこの村にも道路開発の話が持ちあがった。村人は発展をいたく喜んだが、開発にはひとつだけ問題があった。四つ辻を拡張するため、《こわい地蔵》をいまの場所から撤去する必要が生じたのである。

「まあ、村のためなら地蔵さまも解ってくださるべい」

伝統よりも利便性を選んだ村人はそう言い合い、お互いを納得させた。

当時、村には重機の類がなかったため、地蔵の撤去は縄と大八車でおこなわれることになった。

荒縄で地蔵を巻き、浮いた台座に丸太を挿して梃子《てこ》の要領で持ちあげる。と、男数名で地蔵を抱えて大八車に乗せたと同時に、見守っていた村衆からいっせいに声があがった。

地蔵の立っていた地面に、ちいさな観音像が埋まっていたのである。

「埋まっていた理由は解らないが、これを気に病んであのような表情をしていたのか」

村衆はおおいに納得すると、観音像を掘りだして地蔵の脇に祀《まつ》ることにした。ほどなく、道路開発も反対の声があがりはじめ、紛糾したすえに中止となった。

そのため地蔵は現在も、微笑みをたたえながら四つ辻に立っているそうだ。

# 第五十五話　忌み森

古老から聞いた話である。

まだ若い時分、彼は山仕事に従事していた。

山には《忌み森》と呼ばれるならわしがあって、一年のうちで定められた数日は入山ができない。もし入ったならばどうなるのか他の者に訊《たず》ねたが、誰も知らなかった。

若かった古老は彼らを鼻で笑い、古いしきたりに縛られていると馬鹿にした。そしてある日、わざわざ《忌み森》を選んで入山したのだという。

山はいつもと変わらなかった。やわらかな木漏れ日も、枝から枝へ飛ぶ鳥のさえずりも普段どおりである。とりたてて不穏な気配もない。

村の連中め、思い知ったか。

勝ち誇ったような心持ちで帰り道を向きかけた足が、たたらを踏んだ。

数メートル先の谷間に、女がいる。

鼻筋のとおった、きめ細やかな肌をした若い女が微笑んでいる。

女と目が合うなり古老は一目散に駆けだして一気に山を下りた。そして、その日以来、決して《忌み森》の日には山へ近づこうとしなかったという。

「どうしてですか」

話を聞き終えた私は、率直な疑問を古老へぶつける。

「そりゃ山奥に女性がいるのは不思議だけど、なにも慌てて逃げることはないでしょう。山菜採りにきたのかもしれないし、道に迷った可能性だってある。そもそも腕力なら絶対負けようがないじゃないですか。美人だったのなら、口説き落としてその場で……」

下品な提案に盛りあがる私を一瞥《いちべつ》してから、古老は大きなため息をついた。

「お前《め》ェよ……いくら美人とはいえ、杉の木ほどもある大きな顔の女を抱けるか？」

私が無言でかぶりを振ると、古老は「ま、抱く気があっても、身体があったかどうかさえ解らねェけどな。顔しか見えねえ大きさだもの」と吐き捨てた。

山は、いまも《忌み森》のならわしが残っているという。

# 第五十六話　里芋小僧

ある人より聞いた、ある村の話とだけ伝えておく。

夏の盛り、ひとりの坊が祖母を手伝い畑の草を毟《むし》っていた。

声をかけられた気がしてふと見ると、畑の畦《あぜ》に連なっている大きな里芋の葉を傘にして、知らぬ顔の小僧がこちらを眺めている。

小僧の顔は赤かった。陽を透かした葉の緑がかった光を受けて、なお赤々としている。そのくせ、笑った歯は消し炭でも噛《か》んだように黒い。

怖くなって祖母を呼んだが、ほんのひととき目を離したうちに小僧は消えてしまった。

あの里芋の葉のあたりには、なにかおるのではないか。

半泣きの坊の訴えを、「そんなはずがなかろう」と祖母は笑った。優しい祖母が言うのであれば間違いはあるまい。坊が胸を撫《な》でおろしたと同時に、祖母が言葉を続けた。

「あそこに死んだ子を埋めたのは三十年も前の話だ。いまではすっかり骨もないはずで、化けて出ようはずもない」

祖母はふたたび笑った。応《こた》えるように空が翳《かげ》って、里芋の葉が揺れた。

それから坊は、すっかり畑が苦手になってしまった。

# 第五十七話　鏡山

同じ村での話。

村の裏手にある山は、余所《よそ》と同じく女の神がいると伝えられていた。

その所為《せい》か村には「山に鏡を持ちこむべからず」という禁忌があり、鉈《なた》も炭の粉を刃に塗ってわざと照りを鈍くしてから腰に差すのが決まりになっていたという。

あるとき若者のひとりがこの禁忌を馬鹿にして、一葉の手鏡を懐にしまい山へ入った。頂から村へ向けて鏡の光を反射させ、村衆を驚かせようという腹積もりであったようだ。

と、中腹まで歩いたあたりで懐がやけに重くなった。なにごとかと思い鏡を取りだして確かめたところ、自分の背後から鏡をにたにたと覗《のぞ》きこむ女が映った。

若者は、ほうほうのていで転がりながら山を下りた。古老たちにはずいぶんと怒られ、何度か杖《つえ》でぶたれたそうだ。

ところが、それから若者が田の水や湖面を見るたび、肩越しに微笑む女が映るようになった。女は、若者が隣村の娘と祝言をあげる朝まであらわれ続けたという。

村衆は「山の神が惚《ほ》れたに違いない」と笑ったそうだ。

「町衆が騒いどる心霊写真というのも、山の神なんでねえかい」

この話をしてくれた古老は、煙管《キセル》の灰を囲炉裏に落としながらそう笑った。

# 第五十八話　天狗《てんぐ》の産婆

Bさんは二十歳のときに東京へ出てくるまで、山あいの村で暮らしていた。現在の齢《とし》が七十六歳であるから、半世紀以上も前のことになる。

「世間は大きく変化していたようですが、村は戦前からほとんど変わっていませんでした。時代に取り残されたか、時が止まっていたのか……わが故郷ながら不思議な土地でしたね」

話を聞きながら、年齢にそぐわぬ彼の若々しい声に私は驚く。時が止まっていた所為で実年齢より若いのだろうか。そんな妄想をこっそり膨らませていると、「そうそう、奇妙といえば」と、笑いながらBさんが話を続けた。

「いまにして思うと、いろいろ変わったことばかり起きる村でしたね」

村には、「天狗の産婆」と呼ばれる女性がいた。山に近い村のはずれに独りきりで暮らす老婆だったが、村衆とはあまり交流を持たず、米の代わりに山菜や木の実、兎の肉などを食べていたらしい。

彼女が村の者とかかわるのは、お産のときだけであったという。村女が産気づくと天狗の産婆が呼ばれ、盥《たらい》に湯を張り赤児《あかご》を取りあげる。その際、山鳥の羽根を束ねた扇で妊婦の腹を撫ぜ続けるため、彼女は「天狗の産婆」なる異名がついていたのであった。

「これは、天狗さまから貰《もら》ったのよ。霊験あらたか、ひと撫ですれば安産よ」

老婆はいつもそのように嘯《うそぶ》いた。事実、出産がいま以上に危険を伴う時代であったにもかかわらず、村で命を落とす赤ん坊や母親はいなかったそうだ。


しかし、時代は変わる。戦後になると産婆は助産婦と職業名を改められ、やがて保助看法と呼ばれる法律が施行された。看護婦免許を取得している人間でなければ出産の介助が認められなくなり、昔ながらの産婆は廃業を余儀なくされた。

Bさんの村にもある日役人があらわれ「今後はこちらに助産婦をお願いするように」と、小洒落《こじゃれ》た洋装の女性を紹介した。彼女は県庁所在地からこの地区へと派遣された、新しい助産婦であったという。

はじめこそ皆は「若い娘になにができる」と抵抗していたが、意外にも当の妊婦たちが彼女立ち会いでの分娩《ぶんべん》を求めはじめた。新しい文化への憧《あこが》れもあったのだろうと、Bさんは当時を振りかえる。

自分が袖《そで》にされたと知って、天狗の産婆は憤った。

「この村の者は、ほとんどが儂《わし》の手で取りあげたんだぞ。なんの文句があるんだ。自分が骨になるまでは、この村では儂が産婆だ」

だが、すでに産婆の資格のない彼女をお産に立ち会わせることはできない。古老がその旨を告げるや、「おらずとも、おるよ」と笑ってから、老婆は村はずれへ姿を消した。

そして。

その日以来、村でお産がおこなわれると、赤児を洗った盥の湯へ鳥の羽根が浮くようになった。羽根は、天狗の産婆が持っていた扇にそっくりな色であったという。

二年ほどのちに老婆が亡くなってからは、それもなくなったそうである。

# 第五十九話　三猿

同じく、Bさんが暮らしていた村での話、彼が父より聞いた出来事である。

五十年ほど前、ひと組の老夫婦が村の一角に住んでいた。戦後まもなく、嫡男を戦争で失った本家を継ぐために引っ越してきたらしいと噂されていたが、そのわりに、本家とはあまりかかわりを持たない夫婦であったという。かつては事情を把握する者もいたのかもしれないが、Bさんの父の代にはそのような人物はとっくに墓のなかだったので、詳細は誰も知らなかったそうだ。

夫は日がな一日、庭で木彫り仕事をおこなっていた。といっても売り物になるような類《たぐい》の品ではなく、彫るのは素人目にも下手くそな大黒天やら弥勒菩薩《みろくぼさつ》やらで、Bさんの父によればどれも《作りかけのこけし》のようにしか見えなかったらしい。妻はそんな夫に構うことなくバスに乗って麓《ふもと》の町までしょっちゅう出かけていた。本家の銭を食い潰《つぶ》しているとか両親の蓄えた遺産があるとか金の出所には諸説あったが、真偽はいまも不明である。

さてこのふたり、周囲が呆《あき》れるほどに諍《いさか》いの絶えない夫婦であった。

飯が不味《まず》いだの返事が遅いだのと夫が文句を言い、妻も負けじと怒鳴りかえす。村には、しじゅう喧嘩《けんか》をする声が響いていたらしい。もっとも、喧嘩はいつも半日ほどで治まった。であるから、人々も日課のようなものとして片づけていたようだ。

ところが、その日の喧嘩はいつもとすこしばかり様子が異なっていた。如何《いか》なる理由があったのかは解らない。ともかく夫婦の罵声《ばせい》と怒号は日が暮れても止まず、夜中も雨戸になにかがぶつかる音や、茶碗《ちゃわん》の割れる音が轟《とどろ》いていた。夜半過ぎにもかかわらず、村人が様子を確かめに訪れるほどの喧《やかま》しさであったという。

しかし、犬も食わぬ夫婦喧嘩《げんか》とあって家のなかを覗《のぞ》こうという者はいない。もしも夫が酔っていて暴れでもしようものなら、かえっておおごとになる。どうしたものかと集まった皆が逡巡《しゅんじゅん》しているうち、夜が明けた。

ふいに雨戸のがらがらと開く音が聞こえ、続けて妻がなにかを抱き、庭に裸足《はだし》で下りてきた。「どうしたのか」と村のひとりが声をかけたのと同時に、妻は村衆の目の前で、抱えていたかたまりを庭石へ勢いよく投げつけた。

派手な音をあげて粉々になったのは、木彫りの猿である。《三猿》と呼ばれる「見ざる、聞かざる、言わざる」の三体からなる像のうち、目を掌《てのひら》で塞《ふさ》いでいる《見ざる》を、妻は叩《たた》き壊したのであった。皆は「夫の彫り物を立腹まぎれに砕いたのか」と思ったが、よく見れば猿の像はずいぶん古いもののようで木肌の色が落ち着いており、出来ばえも精巧な代物である。下手の横好きで知られた夫の作品には、とても見えない。

周囲が唖然《あぜん》とするなか、妻は無言のまま家へ戻っていった。

夕方にBさんの父が庭を覗いたときには、猿はきれいに片づけられていたそうである。

はたして猿が誰の作ったものだったのか、その日の喧嘩の原因はなんであったのか。

結局、その真相がつまびらかにされる機会はおとずれなかった。

派手な喧嘩の翌週、妻は目の痛みを訴えて病院に運びこまれ、そのまま失明したのである。

そして、家財もそのままに夫婦は何処へともなく引っ越してしまったのだという。

# 第六十話　笹女

Bさんが暮らす村の東側には裏山へ続く細道が伸びており、その両脇は笹藪《やぶ》に覆われていた。笹はクマザサと呼ばれる種類のもので、これは煎《せん》じて茶のように飲むと薬効がある。そのため、村の老人は体調が芳しくないときは、裏山からクマザサを毟《むし》ってきたものだという。Bさんも幼いころに飲まされ、その苦さに辟易《へきえき》した記憶があるそうだ。

さて、老人のひとりにタツオンという翁《おきな》がいた。正しい名前は達夫《たつお》だが、訛《なま》りの所為《せい》で語尾に「ン」がつき、いつの間にかそんな呼称になった。

ある初夏、タツオン爺《じい》がいつものようにクマザサを採ろうと山へ入ったときのこと。藪を漕《こ》ぎながら大ぶりの葉を選んでいると、背後で、がさり、と音がした。おやと思い振りかえれば、見慣れない女が立っていた。

左右の目の位置がずれている。顔と身体の大きさが合っていない。頭が異様に長い。一見して、人ではないと知れた。

「このさきぃ、こどもぉ」

女は謡《うたい》を思わせる声を漏らし、地面へ垂直にもぐるような動きで藪のなかへと消えた。あたりには、「便所を焼いたような」においが漂っていたという。

この先、子供。

女の台詞《せりふ》を繰りかえしながらタツオン爺が藪を覗くと、灰色のかたまりが草むらに転がっていた。驚くまま一歩下がったと同時に、かたまりが低い声で鳴いた。

カモシカの子供だった。

左前足が《くの字》に曲がっている。骨を折り動けなくなったのだとすぐに理解した。

そうか。さっきの女はコイツの母親か。

すべてを悟ったタツオン爺は、力なく鳴き続けるカモシカを抱きかかえると村へ帰り、庭先で殺して皮を剝《は》ぎ、肉を鍋《なべ》にして食った。

当時もカモシカは天然記念物であり、許可なく殺せば罰せられたらしい。しかし毛皮は高く売れたし、「アオ」と呼ばれる肉は美味だと珍重されていた。

「黙ってても死ぬのに、法律なんざ馬鹿馬鹿しい」

タツオン爺はそう笑って、知りあいの革製品を扱う男にカモシカの皮を売った。得た金で上等な酒を購入したと、Bさんの父にも自慢していたそうだ。

その年の秋、タツオン爺は顔の痛みを訴えて隣町の病院に運びこまれる。

痛みの原因はまるで解らなかったが、疼痛《とうつう》が引いたのち、爺の顔面には大きな黒痣《あざ》が残った。歌舞伎の化粧を思わせるその痣は、爺が亡くなるまで消えなかったとの話である。

ちなみにクマザサの《クマ》とは動物の熊ではなく、歌舞伎の隈取《くま》りの《隈》が語源である。冬に葉の一部が枯れ、隈取りのように見えることからついた名前だそうだ。

# 第六十一話　雨戸

同じ村の話。

ある朝、村長《むらおさ》の妻が起きるなり叫び声をあげた。

開けようと手をかけた雨戸に、びっしりと釘《くぎ》が打たれていたのである。

釘は四角い形状をした《和釘》という古いもので、すべて表から打たれていた。ざっと数えただけでゆうに百本はくだらず、それほどの数とあらば打つ音が聞こえぬはずはない。けれど、家族の誰も音など聞いた憶《おぼ》えがなかった。

なにか起こるのではないか。良くない報《しら》せではないか。

村衆は戦々恐々としたが、一日経ち、二日が過ぎ、やがて三日目を迎えてもさしたる異変は見あたらなかった。

悪戯《いたずら》であったかと皆が胸を撫《な》でおろした、四日目の朝。

県の役人が村を訪れた。

役人は村衆を集めると、「新たにダムを造ることが決まり、それに伴い建設地にこの地域周辺が選ばれた」と告げた。つまり、村が水の底に沈むと通達されたのである。

「あの釘は、この報せであったのだろう」

村長の言葉に、皆は納得したそうだ。

村はもうない。

# 第六十二話　たまさかの花

「偶然だとは思うんですけどね」

開口一番そんな台詞を口にする話者は多い。己の体験談はインパクトに欠けるのではないか……そんな自信のなさから発せられる言葉なのだろう。そこで私はかならず問う。

「では、なぜあなたはその話を私に語ろうと思ったのですか」と。

やはり、体験者も腑《ふ》に落ちてはいないのだ。偶然で片づけられないなにかがあるのだ。

そして、その手の話はたいてい怖い。「幽霊を見ました」と自信満々で語られる話よりも恐ろしい。たとえば、知人の女性よりうかがったこんな話がある。


ある日のこと、彼女は目を覚ますなり「おや」と訝《いぶか》しんだ。

祖父が起きていない。

日が昇る前に起床し、庭の花の手入れが日課の祖父である。自分もその庭いじりの音で目覚めるのが常であったから、すぐに気がついたのだという。

加減でも悪いかと首を傾げつつ寝室を訪ねた彼女は、すでに冷たくなっている祖父のなきがらと対面する。生きているときそのままの、安らかな顔であったそうだ。

驚きつつ、近所に住む親戚《しんせき》へ連絡しようと玄関を飛びだすなり、女性は目を見張った。

庭の花が、すべて落ちている。

ツバキもトケイソウも、一昨日《おととい》咲いたばかりのアセビも、すべてが地面にべたべたと花弁を落としていた。そのさまは、まるで庭を飾っているかのようであったという。

「偶然だとは思うんですけどね……なんだか、そのままにしておけなくて」

棺《ひつぎ》には、集められた花弁が白菊と一緒に入れられたそうである。

# 第六十三話　たまさかの本

今年のはじめ、北海道に住むHさんはチェーンの大型古書店に足を向けた。

「そのとき受けようと思っていた資格試験の参考書を探していたんです。あの手の参考書、けっこう高いんですよ」

めあての本を探してうろついていたその最中、彼女は一冊の本に目を留める。

高校時代に愛読していた詩集。背表紙を見た瞬間、カバーがぼろぼろになり、しおりの紐《ひも》がちぎれても読み続けた思い出が鮮やかによみがえった。

あの本、どうしたんだっけ。実家に置きっぱなしだったかな。

記憶を辿《たど》っていたHさんの脳裏に、旧友の笑顔が浮かぶ。

そうだ、マキにあげたんだよ。

部活、放課後、夜中の長電話。いつも一緒にいた同級生。進学のためにおたがい郷里を離れる前夜、《それぞれの宝物》を交換したときの光景がフラッシュバックした。

そうそう、マキからはキャラクターもののマグカップを貰《もら》ったんだよね。

懐かしさに、自然と詩集へ手が伸びた。

レジで支払いを済ませて外へ出るなり、Hさんは待ちきれずに詩集を開いた。かつて暗唱できるほど精読した詩を眺め、目を細める。と、ふいにページがぱらぱらと捲《めく》れた。開き癖がついてるのかな。

止まったページを見るなり、彼女は息を呑《の》む。

空白の一ページに、ピンクの蛍光ペンでメッセージが書かれていた。三年間の思い出、感謝の言葉。そして、再会の誓い。

《マキマキへ》

Hさん自身が書いたものだった。

「でも変なんです。仮に彼女が売ったとしても、私たちが住んでいたのは九州のちいさな島なんですよ。そこからぼろぼろの詩集が北海道の古本屋まで流れてきて、私が見つける可能性なんて……有り得ますかね」

胸騒ぎを感じた彼女は、その晩実家へ電話をしてマキの所在を確かめてもらう。

二日後、母から沈痛な声で連絡が届いた。

「亡くなってました。進学先で失恋して、自ら命を……葬儀もこっそりおこなわれたので母も知らなかったみたいです。翌日、母が手を合わせようと檀那《だんな》寺へ行ったら、本堂には位牌《いはい》がふたつあったらしいんです。マキ……赤ちゃんを……」

その晩は、一睡もできずに泣き明かした。

「偶然かもしれませんが、私は信じたいんです。あの本はマキが届けてくれたんだと」

まなじりの涙を拭《ぬぐ》いながら、Hさんはハンドバッグから一冊の詩集を取りだす。開かれたページには、ピンク色のメッセージに続いて、マキのものとおぼしき〝ずっと一緒だよ!〟という文字が走っていた。

今度帰省したときには、Hさんは墓を訪ねるつもりだそうだ。

# 第六十四話　たまさかの巣

Aさんは数年前からホームヘルパーの職に就いている。

「私がおこなうのは主に家事介助と呼ばれるものです。週に一度、指定されたお年寄りのお宅へうかがって、掃除に洗濯、調理や日用品の買い出しなどをするんです」

さて、彼女が訪問する家のひとつに、F氏の暮らすアパートがあった。国鉄職員として定年まで勤めあげ、退職したその日に妻から離婚を言いわたされたという男性で、それが影響しているのか寡黙で無愛想な老人であったそうだ。

「けれども、半年ほど訪問するうちに笑顔を見せてくれるようになって。昔の鉄道唱歌や車掌時代の思い出などを教えてくれました。仕事人間だったけど、悪い人ではなかったんだと思います」

ある日、いつものように部屋を訪ねるなり、F氏が「もう駄目かもしれん」と青い顔でAさんに訴えてきた。

「ひどい夢を見たよ。真っ暗な部屋で目を開けようとするんだが、なにかに塞《ふさ》がれて瞼《まぶた》がまるで動かないんだ。なにも……なにも見えないんだよ。あれは辛《つら》い。悲しい」

たぶん私は、もうすぐ死ぬんじゃないかな。

怯《おび》えるF氏を、Aさんはつとめて明るく慰めた。

「独居老人はいつも不安と闘っているんです。孤独死するんじゃないか、誰も見つけてくれないんじゃないか……だから、そのときの反応も《いつものそれ》だと思いました」

しかし翌週、F氏は布団のなかで冷たくなっているところを発見される。見つけたのはAさんだった。玄関口から漏れるにおいで異変を察し、大家を呼んだのだという。

「布団で温められたために腐敗が早かったようで。古いスルメみたいな臭気と一緒に、ちいさな蠅が新聞受けの隙間から出入りしていて……」

ドアを開けた瞬間、無意識に目を瞑《つぶ》るほどの悪臭が襲ってきた。驚いた大家が「警察に連絡するね」と逃げるなか、Aさんは部屋へと踏みこむ。

悪臭よりも腐敗よりも、独りで死んだF氏への哀れみが勝ったのだという。

ごめんね。先週、病院に連れていけば良かったね。本当にごめんね。

涙目で布団に駆けよって顔を覗《のぞ》きこむなり、Aさんは「あッ、これか」と叫んだ。

すでに土気色になっているF氏の顔。その瞼の部分に、白くて薄い綿のようなものが付着していた。皮膚は天気図の雲に似た膜で覆われ、睫毛《まつげ》には繊維状の束が絡《から》んでいる。

それが蜘蛛《くも》の巣だと気づいた瞬間、F氏の言葉が脳裏に浮かんだ。

なにも見えないんだよ。

「その後、勝手に蜘蛛の巣を取り払った私は、警察の方からたいそう怒られました。でも後悔はしていません。あのままじゃ、あまりに彼が可哀想すぎて……」
せめて、向こうでいろいろ見ていてくれたら嬉《うれ》しいんですけどね。
消えいりそうな声で呟《つぶや》いてから、Aさんは力なく微笑んだ。

# 第六十五話　たまさかの窓

H子さんが高校生時代、友人と一緒に塾から帰宅していたときの話である。

お喋《しゃべ》りを楽しみながら夜道を歩いていると、隣を歩いていた同級生が足を止め「なに、あれ」と前を指した。

しめした先には一棟の高層マンションがそびえている。

「なにって、ずっと前から建ってるじゃん、あのマンション。いまさら……」

笑いかけながら前方へ視線を戻したH子さんの表情が、凍りついた。

ぽつりぽつりと点《とも》っている各部屋の灯《あか》り。それらが、マンションの壁面に文字を浮かびあがらせている。彼女いわく「ファミコンのドット画のようだった」という。

文字はカタカナで《シヌヨ》と書かれていた。

「……ああいう部屋の照明で文字を作るヤツ、ニュースで見たよ」

「でも、そういうのってなにかのイベントでしょ。こんな住宅街でやるかな」

「だよね……しかも、普通はあんな不吉な言葉じゃないよね」

「じゃあ、たまたまそう見えるだけなのかな」

「き、きっとそうだよ」

釈然としないものを感じつつ、目の前に立ちはだかる《シヌヨ》の文字を眺めながら、ふたりは再び歩きはじめた。

翌週、同級生は亡くなる。

一家でドライブに出かけた帰り道、対向車と正面衝突して全員が即死したのである。

「いまでも、あれは単なる偶然だったと思っています。そんな、死神の予言みたいなことあるわけないと……でも」

それ以来、怖くて夜は出歩けないんです。

弱々しく呟いて、H子さんは話を終えた。現在は、ビルやマンションのすくない地域で暮らしているそうだ。

# 第六十六話　人面魚

二十年以上前の話である。

K君が家族でニュース番組を見ていると、《人面魚》なる生き物が紹介されていた。ナレーターは怪しい生物を発見したかのごとく煽《あお》っていたが、一見したかぎり人面魚は珍しい模様の鯉としか思えなかった。

彼がその旨を告げるや、隣で祖父が「んだ、あんなのじゃ無かったな」と口を開いた。なんでも祖父は、《本物の人面魚》を見たことがあるのだという。

「お前くらいの歳のころ、山へ入ったときの話だ」と、祖父は経緯を語りはじめた。

その日、若い祖父は炭焼きの支度をするため、山の中腹にある小屋へと向かっていた。道中、祖父は喉《のど》を潤そうと隠れ沢に立ち寄る。隠れ沢とは道から外れた場所にある沢で、よほど山に慣れた者でなければせせらぎさえ聞き取れないのだという。ところが、沢に辿《たど》り着くなり、祖父は奇妙な違和感をおぼえた。

空気がそこはかとなく違う。まるで精巧に造られた映画セットのようで自然に生気がない。と、その理由を探っていた祖父の視界へ、おかしなものが飛びこんできた。

渓流のなかへ頭半分を突きだしている石。その上に、一匹の鱒《ます》が打ちあげられている。でらでらと銀の鱗《うろこ》が光る、身ぶりの良い鱒であったそうだ。

これは良い土産になる。先ほどの違和感もすっかりと忘れて鱒の尾を摑《つか》んだその途端。魚の口をこじ開けて、人の顔が、ぬるるっ、とあらわれた。

祖父の言葉を借りれば「百人一首のような男の顔」だったそうだ（うりざね顔のことを言いたかったのだろうと、K君は補足してくれた）。

男はしばらく祖父を睨《にら》んでいたが、やがて「とるな」と吐き捨てるなり、飲みこまれるように口の奥へ姿を消した。その直後、鱒は身を激しく捩《よじ》らせ、肛門《こうもん》から糞《ふん》とも内臓ともつかない白い《練り物》と血を、ぶびゅ、ぶびゅびゅ、と噴きだし動かなくなった。

鱒の尻《しり》から漏れた血で石が真っ赤に染まっていくのを見て、祖父はその場を逃げだした。そしてそれきり、沢には近づいていないのだという。

「本物の人面魚ってのは、たぶんあれだと思うぞ」

祖父がこの話をしたのは、あとにも先にもこの一度きりであったそうだ。

# 第六十七話　雪男

Yさんは冬山で遭難した経験を持っている。

「麓《ふもと》はまだ秋の終わり、山も雪帽子を被《かぶ》っている程度だったんです。標高も高くないし、なにより元登山部だという過信が判断を誤らせて……軽装で出かけました」

山の天気は変わりやすい。登りだしたときに晴れ渡っていた山頂付近は、八合目へ辿り着くころになると、嵐の様相を呈していた。

進むか、退くか。迷ったすえ、彼は山頂そばにある避難小屋をめざす。それが間違いであったと気がつくまでに、さして時間はかからなかった。

「あっという間に視界を奪われました。慌てた所為《せい》で正規のルートも外れ、気がつけば自分のいる位置さえ解らなくなっていたんです」

足が止まり、寒さのために身体が火照る（彼によれば、体温が極端に冷えると発生する症状なのだという）。視界が狭くなり、あたりの音がくぐもっていった。

これまでか。

覚悟を決めて雪へ膝《ひざ》をついた瞬間。何者かが吹雪を割くように、ぬっ、と姿を見せた。

人ではなかった。獣でもなかった。

「例えるなら雪と氷で乱暴にこしらえた雪だるまみたいな……ただ、雪だるまではない証拠に、《それ》には人間の顔がついていました」

よく知った顔であったという。

「大学時代の親友でした。同じ登山部で、卒業後も私以上に山へのぼって……ある年の春、北アルプスで滑落し、クレバス付近で行方不明になったんです」

全身を雪で厚く覆われた親友は、無言で傍らを指さした。一瞬だけ吹雪が途絶え、指の先にうっすらと山岳者誘導用のポールが見えた。

助かる。途切れかけていた意識が戻る。再び前へ視線を向けたときには、雪人間の姿はどこにも見えなくなっていた。

「無我夢中で下りました。おかげで、日が暮れると同時になんとか下山できて。九死に一生とはまさにあのことです」

帰宅後、荷物を整理していたYさんは、リュックの底から携帯用食料の箱を見つける。現在ではすでに販売していない、彼が大学時代に愛用していたものであったという。

「やっぱりアイツだったんだと確信しました……私ね、最近になって考えるんです。雪男を見たって話のなかには、アレと出会ったのも含まれているんじゃないのかって」

あなたも雪山で亡くした知りあいがいたら、アレに会えるかもしれませんよ。

Yさんはそう言うと、書斎の棚に飾ってある携帯用食料の箱をちらりと見て、笑った。

# 第六十八話　吸血鬼

U子さんは数年前、イギリス人男性と交際していた。

「ジョージという名前でした。英語教師だと本人は言ってましたが本当かどうか。私も若かったので、素性云々《うんぬん》よりも外国人のカレシがいる優越感のほうが強かったんです」

ジョージは背中に大きな十字架のタトゥーを彫っていた。「敬虔《けいけん》ね」と笑う彼女に、彼は「魔除《よ》けなんだよ」と、にこりともせぬまま答えた。

「自分の家系は、ヴァンパイアに狙われてるって言うんです」

祖父、伯父《おじ》、そして父親。全員が失血死で亡くなっているのだとジョージは説明した。もっとも、祖父は猟銃の暴発、伯父は事故で動脈を切断、父にいたっては戦死と、吸血鬼とはかけ離れた、こじつけとしか思えない死因ばかりであったという。

「でも彼はやけに真剣で、すべて《奴ら》が仕組んだと主張して譲らないんです。最初はジョークかと思っていたんですが、その表情を見ていたら怖くなって」

そのあたりを境に彼とU子さんは次第に疎遠になり、やがて恋人関係を解消した。

別れてから数年後のある日、ジョージからひさしぶりに連絡が届いた。

「といっても電話やメールじゃなくて……郵便なんです」

彼女のアパートに届いたのは、全長一メートルほどもある円筒形の海外便。宛名欄にはジョージの名前が記されていた。

「設計図などを折り目がつかないように入れる筒でした。なかにはきれいに丸めた紙と、英語で〝アムレット《お守り》〟って殴り書きされたメモが入っていたんです」

お守りってなによ。アイツ、いったいなにを送ってきたのよ。

訝《いぶか》しみながら紙を広げるなり、U子さんは息を呑《の》む。

紙は、見慣れたジョージの背中のタトゥーを撮影したものだった。

「コピー機でスキャンして、それを貼り合わせたんだと思います。原寸大でしたから」

彼はなにか事件に巻きこまれたのではないか。これはメッセージではないのか。

不安にかられた彼女は、ジョージと共通の友人である在英の男性へ連絡を取る。

「悪い予感が……あたりました」

ジョージはベルリンで死んでいた。自動車事故だったが、その死に方が妙だったため、くだんの友人宅まで警察が事情聴取にやってきたのだという。

「アウトバーンでの自損事故だったらしいんですが、回収された遺体は……」

背中の皮膚、十字架の部分がべろりと剝《は》がれて、なくなっていたらしいんです。

現在も、U子さんはジョージから届いた《お守り》を自宅の壁に貼っている。

かつては欧州旅行を計画していたが、いまはもう海外へ行く気はしないそうだ。

# 第六十九話　ペガサス

　Eさんは二十代のころ、交換留学生としてアメリカに滞在していた。

「モーガンタウンという街に住んでいました。のどかな場所でしたが、南部特有のすこしワイルドな一面もあって。日本の方には、『カントリーロード』という歌の舞台と言えば、理解してもらいやすいかもしれません」

　週末の遊びもアウトドアが主流で、Eさん自身も学友に誘われ何度となくキャンプやカヌーを楽しんだそうだ。これは、そのときの話である。

「同級生のランクルに乗って、湖にあるキャンプ場に向かっていたんです。紅葉が美しい季節でね。沿道の色づいた山々を見ているだけで心が躍りました」

　と、車窓の風景を楽しんでいた彼の目に奇妙なものが飛びこんできた。

　馬である。一頭の馬が、彼方《かなた》の平原を颯爽《さっそう》と駆けているのだ。

「牧場はいたるところにありましたし、そこから馬が逃げることも珍しくなかったので、馬がいること自体は理解できたんですが……問題なのは、その姿で」

　馬には黒い翼が生えていた。遠目であるから細かな形状は解らないものの、背中からぴんと伸びたそれは、どこからどう見ても翼としか思えなかったという。

「ヘイ、あれ。あの馬……羽が、羽が」

運転席の友人を小突き、平原を指さす。友人が車を停め、「馬だって？」と視線を平原に向けたその瞬間、馬の羽が、がばり、と外れた。

「えッ」

驚くふたりの前で翼は高々と空へ飛びあがり夕闇のなかへ消えていった。左右の翼の結合部分には、ちいさい人体のようなものが見えたそうだ。

「翼の大きさに比べて、なんともアンバランスな身体でした。コウモリを人間大にしたら、あんな感じですかね」

ランクルで近づいてみると、馬はその場で息絶えていた。

背中は厚い皮が毟《むし》りとられ、肉と血管が露出していたという。

「翌日、すぐ地元新聞へネタを持ちこんだんですが、〝ウチはタブロイドじゃないんで、写真がないと採用できないね〟と断られて……」

記者は「このあたりでは、昔から《蛾人間》の噂が絶えないから、その程度の証言は珍しくないんだよ」と笑って、応接ルームを去っていった。

「昔の伝説にある《ペガサス》って、アレじゃないんですかね」

Eさんはいまでも写真を撮らなかったことを悔やんでいるそうだ。

# 第七十話　ポッソ・フマーレ

総合商社に勤めるXさんは、一年の大半を海外で過ごすビジネスマンである。勤務地はおもにヨーロッパ。ここ五年ほどはイタリアでの生活を余儀なくされている。

「だから、日本に滞在しているときのほうが旅気分で、つい開放的になっちゃうんです。その日も同僚とジャポネーゼな居酒屋を満喫して、千鳥足でホテルに帰っていました」

イタリア仕込みの『サンタ・ルチア』を歌いながら歩いていた、その最中だった。

「ん」

ふらつく爪先《つまさき》がビールの缶を蹴《け》り飛ばした。見れば、金属音をあげて転がる缶の横には、花束と漫画雑誌、そして包装されたままの煙草が置かれている。

事故現場だった。

しげしげと眺めれば、歪《ゆが》んだガードレールにはちいさなシールが無数に貼られている。

「プリクラでした。写っている連中は、みんな制服姿でね。ああ、ここで死んだのはまだ若いヤツなんだと、妙にしんみりしましたよ」

普通であれば静かに手を合わせて立ち去る状況である。だが、その日の彼はしこたま飲んで、常識的な判断がつかなくなっていたのだという。

煙草が目に留まった瞬間、彼は居酒屋へ自分の煙草を忘れてきたことを思いだした。

ガキのくせに百年早いよ。つっても、もうお前には時間なんざ関係ないけどな。

おもむろに路上の煙草を手に取り、セロファンを剝がした。

「ポッソ・フマーレ」

イタリア語で「吸っても良《い》いですか」と呟《つぶや》きながら煙草を一本くわえ、火を点《つ》ける。

「わかんない」

うがいのような声が耳許《もと》で聞こえた瞬間、ゆらめく炎のなかに顔が浮かんだ。

砂利や小石が肌に埋まった、擦り傷だらけの真っ赤な顔だった。

「おっ、おっおっ」

驚いてその場に尻餅《しりもち》をつく。

あたりには、誰の姿もなかった。

「すっかり酔いは醒《さ》めちゃいました」


二週間後、Xさんは再びイタリアへ戻った。

「おかげさまで仕事は順調ですが……ひとつ、困ったことがありましてね。あれ以来ライターに火を点けると、あの《顔》がたまにあらわれるんです。

「幽霊って、場所とか関係ないんですかねえ」

次の帰国時には、事故現場に花束を供えるつもりだそうだ。

# 第七十一話　メヘンディ

「卒業旅行だったんです」

　Ｑさんは十年ほど前、友人とふたりでインドを訪れた。「本場のカレーが食べたいね」という、半ば冗談のような会話から実現した旅行であったそうだ。

　はじめて見るインドは衝撃の連続だった。

「なによりもウルサいの。クラクションから物売りの声、街の看板や民家の壁の色まで、目も耳も疲れっぱなし。こりゃ大変な国に来たなと思いました」

　しかし二日経ち、三日が過ぎると、はじめは解らなかった魅力も見えてくる。

　よく聴くと趣きのある音楽。ガイドブックには載っていないバザールの屋台。なにより、Ｑさんは女性たちの美的感覚にたいそう驚いたという。

「原色をゴテゴテに使った民族衣装や過剰に派手な装飾品。日本人のセンスとはまるで違うんだけど、あの砂だらけの大地では極彩色がものすごく映えるんです」

　特に彼女が惹《ひ》かれたのは、メヘンディと呼ばれるボディ・アートだった。ヘナという植物の染料で腕や足に文様を描く、いわば簡易的なタトゥーである。

　その独特なファッションに興味をおぼえたＱさんは、さっそくホテル内にあった《へナ・ショップ》でメヘンディを塗ってもらった。

「ペイズリー柄をもっと複雑にしたような模様を器用に描いてくれるんです。私は感動したんですが、現地ガイドは〝コレハ観光用、本物ハモット細カイ〟なんて言って……」

　すると、その言葉を聞いた友人が「私は絶対《ホンモノ》を入れたい」と騒ぎだした。言いだしたらきかない性格の友人である。Qさんはしぶしぶ翌日の予定を変更して、同行することにしたのだという。


《本物のヘナ・ショップ》は、ジョドプールという街の近くにあった。

「砂漠の街道沿い。オアシスの隅にテント……といっても、柱に風よけの布を吊《つ》るしただけのスペースがあって。ガイドは〝そこがホンモノだ〟と言うんです」

　ぼろぼろの布で仕切られたなかには瘦《や》せぎすの老女が座っていた。ガイドは、片目が白濁した老女と握手を交わすと、Qさんたちへ「コノ人ガ本物デス」と微笑んだ。

「コノ人ハ、《バルバン》ト言ウ職業デス。メヘンディ以外ニモ、占イトカ……」

　ガイドの説明を遮って、友人は「いいからいいから、早くやって」と老女の前に座るや腕を突きだした。老女が眉間《みけん》に皺《しわ》を寄せ、ガイドへなにごとかを告げる。

「一万ルピー、ダソウデス」

　ところが、友人は値段を聞くなり「半額に負けろ」と値切りはじめた。慌ててガイドが「ココハ値下ゲシナイ店デス」と首を振り、それを友人が笑って、老女が再び声を荒らげる。ひとり置き去りにされたQさんを除き、場が険悪な空気になった。

「ちょっと、お婆さん怒ってるみたいだよ。あんまり無茶しないでよ」

小声で窘《たしな》めるQさんにも、友人はどこ吹く風で「なに言ってんの、インドで値切らないなんて有り得ないでしょ。どうせフっかけてるんだから」と聞く耳を持たない。

やがて、老女と交渉をしていたガイドが「メヘンディノ効果ガ今日ダケデ良イノナラ、五千ルピーデ、ヤルソウデス」と、困り顔で告げた。

「ね」

得意げな友人の笑顔とは裏腹に、Qさんは落ち着かない心持ちであったという。

「だって、お婆さんが描いたメヘンディ……綺麗《きれい》なんですが、なんだかおかしいんです。メヘンディって普通は曲線を多用したやわらかい雰囲気なんですが、お婆さんのヤツは全体的に角張っていて。どこか攻撃的な、やけに不安を掻《か》きたてる模様だったんですよ」

不安は、的中する。

その日の真夜中、Qさんは絶叫で目を覚ました。

「隣で寝ている友人の声でした」

ベッドから跳ね起き、叫び続けている友人のもとへ駆けよる。と、Qさんの視界の隅に、表に面した窓から逃げていく紐《ひも》状の物体が映った。

「はじめは蛇だと思ったんです。コブラに気をつけろって散々脅かされていたので。でも、よく見たら窓はぴたっと閉じていて……指一本入らないんですよ」

なに、いまの。

無意識に呟いた彼女へ、友人が震えながら「これ」と腕を突きだす。

まっさらの白い肌。昼間に塗ったはずのメヘンディは、染みさえ残っていない。

「メヘンディって濃い染料なので、数日は落ちないんですよ。どんなに頑張って洗ったとしても、半日ですっかり消えるなんて有り得ないんです。現に、私のメヘンディは帰国の日まで残っていましたから」

わけがわからずに沈黙する。一分ほど経って、ようやく落ち着いた友人が口を開いた。

「ズルズルッ、て皮膚の下をなにかが動いたの。びっくりして起きたら……メヘンディが這《は》いずっていくのが見えて……ほら」

涙声で友人が窓際の壁を指さす。

ベッドから窓のへりまで、インクを擦《こす》りつけたような染みが続いていた。

「朝まで抱き合って過ごしました。そのときは、〝もうインドなんて懲り懲りだね〟って話していたんですが……」

帰国してから、妙なことになった。

「その友人ね、〝あれはかけがえのない体験だった〟なんて言いだして、すっかりインドカルチャーに嵌《は》まっちゃったんですよ。いまでもヨガやお香、カレー漬けの毎日で。実は今年も行こうと誘われて、どう断ろうか悩んでいるんですよ」

私は、フッーの旅行でいいんですけどねえ。

Qさんは、肩をすくめて笑った。

# 第七十二話　ナマステ

　I君の住んでいたアパートには、インド人の幽霊が出るのだという。

「姿は見えないんですよ。ただ……夜中に声が聞こえるんです。〝ナマステ〟って」

　ナマステとはインドの挨拶《あいさつ》である。あまりに常識はずれな台詞《せりふ》のため、怖がる気になれなかったのだ、と彼は笑う。

「もしや、過去にこの部屋でインド人が亡くなっているのか、とは思ったんですが……どう供養すれば良《い》いのか解らないでしょ。とりあえず声を聞いた翌日はカレーを食べるようにしていましたね」


　ある日、噂を聞きつけてひとりの先輩が部屋を訪ねてきた。

　土産に持参してくれた安い焼酎《しょうちゅう》を飲みつつ、「いつ出るか」とふたりで待ち続けたものの「ナマステ」はいっこうに聞こえず、とうとう先輩はその場で寝入ってしまった。

　俺も寝るか。先輩に毛布をかけながら大欠伸《あくび》をした、その矢先。

「なぉまぁしぅて」

　背後からの声に驚いた直後、がばりと先輩が跳ね起きた。

「聞きました、いまの」

問いに、先輩が無言で頷《うなず》く。

「ね、インド人でしょ。インド人でしょ。ああ、やっぱり空耳じゃなかったんだ」

喜びにI君が小躍りするなか、先輩がひとこと「違うかも」と呟《つぶや》いた。

「ナマステじゃなくてさ……〝飲まして〟って聞こえたんだけど」

幽霊、水を飲みたいんじゃないの。


数日後、I君は新聞勧誘員だと名乗る隣人から、「あんたの部屋ね、前は若い女と幼児の親子が住んでいたんだよ」と教えられた。

「母親は、男と遊びに出かけてそのままトンズラ。子供は脱水症状で衰弱死していたよ。死後数日経って発見されたけど、あまりに身体が乾いていたのか、悪臭はしなかったな」


翌月、先輩から金を借りて引っ越したそうである。

# 第七十三話　むらすて

カメラマン仲間のCさんが、「ロケハンに行った村で、おもしろい話を聞きましたよ」とメールをくれた。

話者は六十代のご婦人で、数年前に亡くなった母親より聞いた出来事だという。

戦前の、ある秋。

ひとりの嫁が畑仕事の最中に突然奇声をあげるなり、履物も笠《かさ》も脱ぎ捨て山に続く道へ走りだした。小作衆（当時は地主が小作を雇う農業が主流であったため、村人は集まって畑仕事をしていたらしい）が見まもるなか、女はそのまま山奥へと消えてしまった。

その晩遅く、村じゅうに地響きが轟《とどろ》く。驚いて人々が表を覗《のぞ》くと、カモシカやツキノワグマ、タヌキにオコジョなど無数の獣が村を横断していた。月光に照らされた獣たちは田畑を踏み荒らしながら、あっという間にどこかへと消えていった。

翌日から、村を去る者が相次いだ。まだ幼かった母親も、ほどなくして親戚《しんせき》の住む村へ両親とともに転居した。「なして」と訊《たず》ねたところ、父は「山に《くるい》が入ったから、村も間もなく狂うんだ」とだけ答えたという。

一年あまりで村は無人になった。

戦後、成人した母親が訪ねたときにはすでに家の影もなく、山漆や蔦《つた》に覆われた草むらが広がっているばかりであったそうだ。

# 第七十四話　ごちそう

「では、早速ですがお話をうかがっても……」

そう言いながらメモ帳を開いた瞬間、私たちの座席の真横にある、道路に面した大きな窓ガラスが、ばしん、と音を立てた。見れば、窓の中央に血と羽根、そして白い粘液状の汚れが付着している。

「ああ、絶妙のタイミングですね」

テーブルを挟んで真正面に座っている女性、S子さんが苦笑する。驚く私の横を、音に驚いたウェイトレスが玄関目ざして走り抜けた。

場所は某所のバイパス沿いにあるファミリーレストランである。この日、私は知人から紹介され、《奇妙な体験》を複数お持ちだというS子さんと会っていた。正確に述べるなら、冒頭の出来事からわずか二、三分前に挨拶したばかりだった、のだが。

「……鳥が、ぶつかったんですかね」

窓に残った血痕《けつこん》を眺めながら呟く私に、S子さんが「鳩かな」と答える。

「鳩は久しぶりです。前はスズメとかヒワが多かったけど。あ、カナリアもいました。あれは何処かの家から逃げたのかな」

発言の意味が解らずに惚《ほう》けている私を見て、彼女が笑いながら囁《ささや》いた。

「私ね、三日に一度くらい身のまわりで鳥が死ぬんです」

きっかけは、飼い猫なのだという。


二年ほど前、彼女は帰宅途中の路傍で一匹の仔猫《こねこ》を拾った。自宅へ連れてきたときには虫の息だった猫はS子さんの賢明な処置によって一命を取り留め、半月後には動物病院の主治医から「もうなんの心配もないでしょう」とお墨つきを貰《もら》うまでに回復する。仔猫は「ミャー」という安直な名前を授かり、彼女の家で健やかに暮らした。

「で、そのミャーが……持ってくるんです」

昆虫、野ネズミ、トカゲに小鳥。S子さんの枕元には週に二、三度の割合でミャーが捕獲してきた《ごちそう》が置かれていた。ただ、狩りが下手なのか、それとも最初から生かすつもりがなかったのか、《ごちそう》の大半は身体がちぎれ、血まみれであったそうだ。

「朝起きると首なしトカゲや手足のもげたネズミが転がっているんです。そのたびに絶叫しました。命を助けてくれたお礼のつもりなんでしょうが、大迷惑でしたね」

S子さんは当時を思いだしたのか、すこし寂しそうに笑った。

ミャーはその後すくすくと育ったが、二歳になった春、突然天国へと旅立ってしまう。

猫エイズだった。

「わんわん泣きました。あんなに嫌がってたのに、もう、あの《ごちそう》も見られないんだと思ったら、なおさら涙が零《こぼ》れてきちゃって……」

しかし一週間後、彼女の嘆きは覆《くつがえ》る。

「悲しみも癒《い》えはじめ、その日は久しぶりにぐっすり寝ていたんです」

眠りは突然の音で妨げられた。ヘリコプターを思わせる轟きが耳許《もと》から聞こえ、驚き目を覚ました彼女は、枕元でのたうちまわる一羽の鳩を発見する。

鳩はまもなく息絶えた。窓や玄関を調べたが、どこも開いてはいなかった。

「それからです」

車のボンネットにムクドリがぶつかり、勤務先の自動ドアにはスズメが激突する。ヒヨドリが彼女の身体めがけて落下し、ドバトが家の軒先に転がっている……さまざまな鳥が、目の前で死ぬようになったのである。

「何羽目かのときに気がついたんです。これ……ミャーの仕業じゃないのって。あの子、《ごちそう》のなかでも、鳥を捕まえるのが得意だったから」

以来、いまでもS子さんのまわりでは鳥が死に続けているのだという。

話を聞いて、私は悩んでいた。

確かに、いましがた鳩が目の前で激突したのは事実である。しかし、それは単なる偶然ではないのか。ガラスに気づかなかった鳥がぶつかることは珍しくない。しかし、それを死んだ猫の怪異にするのはあまりに都合がよすぎるのではないか。

もしかしたら、彼女は鳩の死を受けてとっさに作り話を披露したのかもしれない。もともと用意した体験談とはまるで別なでたらめを、即興でこしらえたのかもしれない。

私はそう考えていたのだ。

疑心暗鬼が過ぎるといわれればそれまでだが、怪談を取材していると虚言を語る人物に出会うことは少なくない。彼らはその場であっという間に話を盛って筋書きを変え、より派手な印象を与えようとする（もっとも、たいてい細かい部分を指摘していくと破綻《たん》するのだけれど）。彼女もそんな類の人間ではないかと思ったのである。

「では、改めて前後関係をうかがっても……」

話のアラを探そうと私が口を開いた、その瞬間。

再び、ばしん、と窓ガラスが震え、黒いかたまりがふらふら地面へ落ちるのが見えた。

カラスだった。

先ほどの鳩と同じ位置にぶつかった事実を、窓に残された痕跡《こんせき》が語っていた。絶句する私に、S子さんが微笑みかける。

「疑ったんでしょ」

黙って頷《うなず》いてから、私は取材が終了したのを悟って、帰り支度をはじめた。

# 第七十五話　ハクビシン

住宅リフォーム業を営むMさんから「先日、こんなことがあったよ」と報告を受けた。

彼の工務店では、リフォーム以外にもさまざまな家の相談を電話で請け負っている。電話はたいてい「なるべく急いで解決してほしい」という緊急の場合が多い。

「その日も、そんな感じだったね」

電話の主は四十代の主婦で、「屋根裏や壁からガリガリと音がするので見てほしい」との相談であったそうだ。

「すぐにピンときた。ハクビシンだなって」

ハクビシンとはジャコウネコの仲間にあたる小動物である。雑食性であるのに加えて天敵がすくないことから、近年は都市部でも数多く目撃例が報告されているのだという。

「こいつらは、屋根裏に巣を作るんだ。電線を伝い、家のわずかな隙間から侵入して屋根裏で子供を育てる。厄介なのは糞尿《ふんにょう》。その場に撒《ま》き散らすんだが、これがまた臭くて」

Mさんの店でも、過去に何度かハクビシン駆除をおこなっていた。保健所に捕獲許可を申請し、燻煙《くんえん》を焚《た》いて出てきたところを捕獲する。あとは糞尿を掃除して、新しいハクビシンが潜りこまぬよう隙間をフェンスで覆う。この流れでおよそ半月から一ヶ月。

「手間がかかる割に儲《もう》からない仕事でさ。まずは様子見と、しぶしぶ重い腰をあげたよ」

相談先は、いかにもハクビシンが好みそうな古い住宅街にある一軒家だった。

「真夜中になると、走りまわる音や鳴き声が聞こえて……連日なので、もう寝不足です。それに、物音がするようになってから電気料金が倍近くになったんです。電気の配線でも齧《かじ》られていたら、いつ火事になるか解らないでしょ。どうにかしてください」

悲痛な面持ちで訴える家主をなだめてから、Mさんは懐中電灯を手に屋根裏を覗《のぞ》いた。綿埃《わたぼこり》だらけの天井裏には、軽く掃いたような筋がうっすら残っている。ハクビシンの尾の跡だと察し、彼はすぐ駆除の準備に取りかかった。

「それで、まずは駆除用の薬剤を撒くために天井裏の奥へ潜ったんだよ」

薄暗い天井裏を匍匐《ほふく》前進で慎重に進む。奥へ行くに従い、悪臭が強くなった。

巣は、このあたりだな。

懐中電灯を握りなおして周囲をぐるりと照らす。と、光に獣のシルエットが浮かんだ。ハクビシン。よもや当事者が居座っているとは思わず、Mさんはたいそう驚いたという。

捕獲道具もないし、どうするか。

迷いつつも相手の動向を探っていた彼は、ふと異変に気がついて首を傾げる。

おとなしすぎる。

普通であれば、人の気配を察したハクビシンは逃げるなり威嚇するなりと、なんらかの動きを見せるはずだ。ところが、目の前の毛皮は微動だにしない。光をあてても警戒する素振りすら感じられない。

胸騒ぎをおぼえつつ、意を決し前へ進む。

「……どういうことだよ」

そこにあったのは、白い毛皮だった。

ハクビシンのものとおぼしき真っ白な毛皮が、天井板の上にべろんと広げられている。純白の毛皮は、まるでずれるのを防いでいるかのように、小石で四方を留められていた。丁寧に剝《は》がされた様子からも、獣や虫の仕業ではないのは一目瞭然《いちもくりょうぜん》であったそうだ。

いったい誰が。なんのために。そもそもこれほど狭い天井を、人が行き来できるのか。人でないとすれば、それはなんだ。

にわかに寒気をおぼえた彼は、そそくさと毛皮を回収して天井裏を下りた。

家主にはなんとなく真相を伝えるのが憚《はばか》られ、「もう巣から去ったようです」とだけ報告した。

「……で、関係あるかは解らないんだけど」

後日、Mさんはくだんの毛皮を手許に置くのがなんとなく躊躇《ためら》われ、檀家《だんか》寺へと持っていったのだという。八十歳になる住職は、ひとめ見るなり「これは、《らいじゅう》ですな」と笑って、供養してやるから任せなさいと毛皮を引き取った。

「貴重なモノだったみたいだけど……俺が扱える代物じゃないんだろうな、アレは」

家主からの連絡によれば、あの日以降音は止み、電気料金も元に戻ったそうだ。

# 第七十六話　すっぽん談義

Wさんが子供のころの出来事だそうだ。

ある夜、家族で食卓を囲みながらテレビの旅番組を鑑賞していると、人の顔ほどもあるスッポンが画面に大写しになった。

水槽から取りだされたスッポンは、薄黄色の甲羅から突きだした手足をばたつかせて、宙を掻《か》いている。その様子を見たレポーターの女性が「美味《おい》しそうね」と声をあげた。

「……スッポンて、亀でしょ。美味しいの」

発言に驚いたWさんが訊《たず》ねると、祖父が大きく頷いた。

「何十年か前に鍋《なべ》を食ったが、なかなか美味《うま》かったなあ。上等の鶏肉をもっと繊細にしたような味だった。冥土《めいど》へ旅立つ前に、もう一度くらい食べたいもんだ」

「じゃあ……カメジロウも美味しいの」

カメジロウとは、Wさんが前夏に縁日で釣りあげたミドリガメである。Wさんの世話が良かったのか、一年ほど経ってもカメジロウは健やかに育っていた。

「カメジロウは食べ物じゃないでしょ」

母の言葉に、祖父が「解らんぞ」と悪戯《いたずら》っぽく笑う。

「アレは肉づきがいいから、案外やわらかくて美味いかもしれん。肉が駄目でも野菜と一緒に煮れば、良いダシが……」

「ちょっと、食事中だよ」

「メシのときにメシの話をしてなにが悪い。南方では海亀だって食ったんだ、ミドリガメも」

「いい加減にしてくれ。だいたい父さんは昔から悪い冗談が……」

父親と祖父が言い争いになり、会話はそこで終わった。


翌朝、事件は起こる。

カメジロウが水槽から姿を消したのである。

「正確に言うと、空っぽの甲羅だけを残していなくなっちゃったんです。はじめは祖父が本当に食べたのかと思ったんですが、〝昨晩はメシを食い過ぎたから、亀の入る余裕などない〟と笑われました。それに、よく考えると祖父は誰よりも早く床に就いて、次の日は僕より遅く起きているんです」

結局、現在にいたるまでカメジロウの行方は知れない。Wさんの実家には捨てられた甲羅がいまも残されているそうである。

この話を掲載するにあたり、私は知人を介して生物の専門家に「亀が甲羅だけを残して逃げるものか」を質問した。専門家の彼いわく「構造的に有り得ない」そうだ。

# 第七十七話　ピラニア

Gさんは三年前、一匹のピラニアを購入した。

「アクアショップの初売りで見つけましてね。割引していたとはいえ、なかなかの値段で。奮発しました。まあ、ショップの女性店員が可愛くて断りきれなかったんですが」

お気に入りの女性店員からは、水温調節器や餌用金魚の購入も勧められた。

「年の初めから散財しちゃって大変でしたよ。でもあの子……美人だったなあ」

自宅に戻るや、さっそくGさんは物置から古い水槽を引っ張りだしピラニアを放った。

「よしよし、長旅でお腹がすいただろう」

水槽のなかをせわしなく往復するピラニアへ語りかけてから、彼は金魚を一匹、水中へ落とした。しばらくの間、ピラニアは金魚から逃げるように泳いでいたが、やがてそれが餌だと解ったのか、突然身を翻して一気に金魚へかぶりつき、身体をよじらせた。

数秒後、水槽にはわずかな血煙と赤い尾のきれはしだけが残っていた。

「残酷でしたが、同時に興奮しました。さすがは人間も喰《く》らう肉食魚だと、まるで自分が強くなったような錯覚さえおぼえましたよ」

それから彼は、週に二、三度の割合でアクアショップを訪れ、金魚を買い求める。

「金魚用の水槽を別に準備しても良かったんですが、そしたら彼女に会う頻度が減るじゃないですか。行くたびに親密度が増して……正直、〝脈アリだ〟と確信しましたよ」

調子に乗った彼は、女性店員へ良《い》いところを見せようと、購入する餌用金魚の数を増やし続けた。五匹が十匹、十匹が二十匹……ひと月後には、持ち帰るビニール袋が真っ赤になるほどの数を買うようになっていたという。

「でも、そのままじゃ死んじゃいますからね。帰宅したらすぐに《食事タイム》ですよ。もうピラニア飼ってるのか金魚を育てているのか解らない状態でした。ははは」

そんな、ある晩のこと。

ネットを閲覧するうちに机で寝こけていたGさんは、何者かの声で覚醒《かくせい》した。母親かと思い身を起こしたと同時に、ここがひとり暮らしのアパートであるのを思いだす。

「どろぼう、かな……」

弱々しく呟《つぶや》いて、周囲を見まわす。

全裸の男が膝《ひざ》を抱え、部屋の隅に座りこんでいた。男はいまにも泣きだしそうな表情を浮かべ、Gさんを睨《にら》んでいる。頬がげっそり窪《くぼ》んだ、異様に目の離れている男だった。

「どろぼう、ですか」

あまりに間抜けな質問を口にした彼に向かって、男が駄々をこねる子供のように首を振り、歯を食いしばる。ノコギリじみた乱杭歯《らんぐいば》が、唇のあいだから見えた。

そして、男は消えた。テレビを消した瞬間の画面に似た消え方であったそうだ。

「わずか五、六秒の出来事でした。怖かったけど……心の片隅で〝よし、あの女性店員に明日《あした》この話をしよう〟と思っていました。いや、我ながら一途ですよね」

翌日、Gさんは仕事が終わったその足でまっすぐアクアショップへ向かい、おめあての女性店員に昨夜の出来事を誇らしげに知らせた。

ところが、彼の話を聞いているうちに、彼女の表情はどんどん曇りはじめ、しまいにはあからさまな嫌悪の表情を浮かべたのだという。

「あれ、も、もしかして怖い話、苦手だったかな」

予想外の対応に戸惑うGさんへ、低い声で女性店員が告げる。

「あの、いつもお買いあげいただく金魚って、どうしてますか」

「どう……って、そりゃ餌用だもの。帰ったらすぐに全部ピラニアちゃんにあげてるよ。可哀想だとは思うけど、自然は厳しいからそのへんは僕も理解を……」

「馬鹿じゃないの」

熱弁は、罵声《ばせい》で一瞬にして吹き飛ばされた。

「ピラニアは臆病《おくびょう》で、群れでも人間を襲うことはほとんどないの。一匹しかいない水槽に金魚をどばどば入れたら、怖がるに決まってるでしょ」

あなたが見たのは、脅えたピラニアの生霊《いきりょう》よ。

呆気《あっけ》にとられるGさんを一瞥《いちべつ》して、女性店員は「たまにあるのよね。身勝手な飼い主に改善を訴えようと、魚が出てきたって話」と言い残し、店の奥へと消えてしまった。

それ以降、彼が来店すると男性の店長が対応するようになってしまったという。

餌は、魚の切り身に変更した。それが幸いしたのか、三年が経った現在でも、ピラニアは元気に水槽を泳ぎまわっているそうだ。

# 第七十八話　イチョウくん

Xさんは二年ほど前、パワースポット巡りにハマっていた。

「前年に婦人科系の病気をしましてね。そのとき、藁《わら》にもすがる思いで近所の神社にある霊木をお参りしたんです。そしたら奇跡的に回復して。それ以来、旦那《だんな》に運転手を頼んで全国各地をまわるようになったんです。もっとも、夫はあまり信じていませんでしたけど」

その日、夫婦が訪れたのは東海《とうかい》地方にある神社だった。パワースポットを特集したガイドブックを手に、ふたりは境内を奥へ奥へと進み、やがて目的のパワースポット《大イチョウの木》に辿《たど》り着いた。

彼女が愛読している本によれば、この大イチョウからは波動が出ており、その幹や枝に触れると、患部は癒《い》え持病は治り、運気が上がって子宝にも恵まれるのだそうだ。

万能にもほどがある樹の前で拍手《かしわで》を打ち、彼女は《立入禁止》と書かれた柵《さく》を潜《くぐ》った。

「おい、それはまずいんじゃない」

やんわり窘《たしな》める旦那を無視して大イチョウへ歩み寄る。大人三人が手を繋《つな》いでようやく囲めるほどの太い幹を眺めているだけで、身体が浄化されるような気がしたという。

これは、絶対にホンモノだ。

感動をおぼえつつ幹に触れる。樹皮に爪が引っかかった瞬間、「これほど霊験あらたかなら、その樹皮だけでも効果があるのではないか」と、よからぬ考えが頭をよぎった。

大丈夫。たくさん褒めて、ちゃんとお願いすれば解ってくれるわよ。

「たくましくて本当に立派ねえ。雄々しいとはまさにあなたのことよ、イチョウくん」

やさしく語りかけながら一気に樹皮を毟《むし》った、その瞬間。

「おんなだよ」

耳許《もと》で声が聞こえ、頭上の青葉がつぶてのように落ちてきた。

腰を抜かした所為《せい》で、柵を越えるのにたいそう難儀したという。立ち去る前に確かめたところ、由来の書かれた看板にはあんのじょう、《雌木》と記されていたそうである。

「その《効果》かどうか解りませんが」

彼女は現在、再発した病気のために通院している。

# 第七十九話　落葉

土木作業員のZさんが、山で重機運搬用の道を確認していたときのこと。
息を切らしながら山道を歩いていたところ、赤い破片が目の前へひらひら落ちてきた。
かがんで手を伸ばせば、それは一枚の紅葉である。
もう、秋か。
と、しみじみ摘《つま》んだ葉を眺めていた彼の周囲へ雨のように無数の落葉が降りそそいだ。
たちまち目の前が鮮やかな絨毯《じゅうたん》に変わる。
「良《い》い景色だな……」
目を細めて面をあげた途端、彼の顔から色が消える。
あたりに生えている樹木、そのすべてが切り株になっていた。
ふいに思いだす。この山は開発のため、先週すべての木を伐採したはずだ。
ならば、この葉はいったいどこから。
身を強張《こわば》らせている彼を笑うように、突風が落葉をざらざらと浚《さら》っていった。
ぞっとして、その日はすぐに山を下りたという。

山はすべて切り崩されたのちに総合公園となった。

だが、「白い女が襲ってくる」「車に赤い手形が付着する」などの奇妙な噂が頻発して、訪れる者はほとんどいなくなってしまったそうだ。

# 第八十話　消防奇譚《きたん》

関東にお住まいのDさんは、キャリア十年を誇るベテランの消防士である。

「やはり、火事場では不可解な現象などもあるんじゃないですか」

職業を聞いて私が水を向けると、彼は笑って否定した。

「そういう経験はないです。火災現場は一分一秒を争いますからね、仮に奇妙なことがあっても、気づく余裕なんかありません」

と、現実的な返事に落ちこむ私をなだめていたDさんが「あ、でも」と顔を曇らせた。

「消防士になる前、すこし妙なことがありました」

彼ら消防士は、消防学校で半年ほど訓練を積んだのちに消防士として活動する。全国にある学校は基本的に全寮制で、週末を除くと外出はできないのだという。

「その点、私の通っていた学校はすこし変わっていまして。消防関連の別施設と一緒の建物だったため、土日は強制的に追いだされるんですよ」

自由時間に喜ぶかと思いきや、さにあらず。彼の実家は消防学校から遠く離れた隣県にあって、翌日の電車では始業に間に合わない。かといって前日は寮が閉鎖されているから、戻ってきて泊まることもかなわなかった。結果、日曜の夜はいつも学校そばの駅前にある、カプセルホテルでの宿泊を余儀なくされたのだそうだ。

「金も節約したかったけれど、ネットカフェだとよけい疲れますしね。悩んだあげくの選択でした」


卒業を翌月に控えた、ある日曜の夜。Dさんはいつものように定宿のカプセルホテルで寝つけぬまま横になっていた。

半年ぶんの疲労に、翌月からはじまる消防士としての生活。不安が睡魔を押しつぶし、身体の痛みが眠気を蹴《け》りとばす。無意識のうちに「大丈夫かな」と呟《つぶや》いていた。

と、突然の振動に彼は現実へと引き戻された。

誰かが下から天井を蹴りあげている衝撃で、Dさんのカプセルが揺れているのだとしばらく経ってから気がついた。

「カプセルホテルって蜂の巣みたいな形状でしょ。なので、どこか揺れていると全体が動くんですよ。特に私の寝ていた上段は揺れが非道《ひど》いもんで、もうイラッとしてね」

寝相が悪いのかとしばらくは我慢したものの、揺れはいっこうにおさまる気配がない。十分ほど経っていよいよ堪《こら》えきれなくなった彼はカーテンを開けるや、真下のカプセルを覗《のぞ》きこんだ。

「おい、あんた何時だと」

言いかけの台詞《せりふ》は、途中で声にならなくなった。

大人ひとりようやく寝られるほどの狭いカプセルのなかに、《炭の山》が蠢《うごめ》いている。炭には眼球の痕《あと》らしき窪《くぼ》みがふたつと、焼け残った歯があった。

「わあッ」

体勢を崩してカプセルから床へと落ちる。意識を取り戻して再び確かめたときには、下のカプセルには誰の姿もなかった。

念のためフロントへ確認してみたものの、「今日は日曜なもので、お客様以外に宿泊者はいませんが」と怪訝《けげん》な顔をされただけであったという。

翌日、いちばん親しい上官に「自分はノイローゼなのではないか」と相談したところ、「先週の授業で火災現場の事例を見たからだろ。ああいう《モノ》のなかには写真を見ただけでも頼ってくるのがいるんだよ」と、拍子抜けするほどあっさり返された。

「ま、頼られるってことはお前が一人前に見えた証拠さ。頑張れよ」

上官はそう言いながら彼の肩を叩《たた》くと、笑いながら部屋を出て行ったそうである。

「その台詞が励みになったってワケでもないんですが……おかげでなんとか十年、やってきました。それを思えば、あの《消し炭》に感謝しないといけませんね」

Dさんはおどけた仕草で敬礼してから、静かに微笑んだ。

# 第八十一話　不動産の秘密

「年間消費量で表彰されても、バチは当たらないと思うんですけどね」

そう嘯《うそぶ》くのは不動産業者のOさん。彼が消費しているのは《塩》である。

「賃貸物件が空き部屋になると、クリーニングの前後に山ほど塩を撒《ま》くんです。おかげでいまのところ、どんな物件でも入居者からのクレームは一度もありません」

彼いわく、「どれだけ大量に撒いても、妙な部屋は一日で塩がすっかりなくなってしまう」のだという。変化が目に見えて解る場合も珍しくないそうだ。

「東向きなのにやけに暗い部屋がありまして。ためしにいつもの二倍ほど撒きました。ほかの部屋を確認して戻ると、眩《まぶ》しいほどに明るくなって。十秒ほどの出来事です」

そんな彼に、「これまでで、もっとも印象に残っている話」をうかがった。

数年前の新学期シーズン、彼は学生とその母親をアパートに案内した。

「実は、一年前に入居していた学生が飲み会で急性アルコール中毒になって死にまして。もっとも亡くなったのは病院なので、瑕疵《かし》物件の告知義務はなかったんですがね」

部屋に入るなり、酒と酢の混じったような悪臭が鼻を襲った。

「直感しました。《あ、これ酔っぱらいのゲロだ》って」

すかさずジャケットの内ポケットへと手を入れ、小袋に詰めた塩をそっと撒く。下見の親子には「換気の不具合でしょう。入居する際には修理しておきます」と微笑んだ。

「ぐるりと部屋を確かめて、玄関に戻ったときでした」

下駄箱の上に、水蒸気のようなボール大の靄《もや》があった。

靄には目鼻がついていた。こちらを睨《にら》む眼球は、蛙の卵によく似ていたという。

幸いにも親子はまだ気がついていない。逡巡《しゅんじゅん》したすえ、彼はカバンの奥をまさぐると、小石のようなかたまりを下駄箱に置いた。

「むしろ、靄のどまんなかへ突っこんだ、というのが正確かもしれませんね」

嘔吐《おうと》を思わせる表情を見せてから、靄は消えた。あとには濡《ぬ》れ雑巾《ぞうきん》を放置したような、湿った痕跡《こんせき》があるばかりであったそうだ。


「そのとき置いたのはね、これと同じものです」

そう言って、Oさんは目の前の机に薄桃色の固形物を転がした。

「岩塩です。モンゴル土産で貰《もら》ったものを念のために入れておいたんです。いや、本当に驚きました。とにかく〝塩は万能だ〟と改めて知る、貴重な経験でした」

それにしても塩の消費量で個人表彰してくれる団体、どっかにないかなあ。

Oさんは愉快そうに言った。

# 第八十二話　ライダーのノイズ

Kさんというバイク乗りの男性よりうかがった、彼自身の体験談である。

ある日のこと。彼はバイト先の先輩から「あそこの峠、良《い》いよ」と、隣町にある道を紹介された。彼は一ヶ月ほど前に新車のバイクを購入しており、そのことを知った先輩が、走るのにおすすめの山道を教えてくれたのだという。

スキー場まで続くその道は、Kさんも過去に一度だけ友人の車で訪れていた。

「ドライブというか、要は肝だめしです。真夜中に走っていると女が追いかけてくる、なんて噂があったんですよ。まあ昼だった所為《せい》か、結局なにも見なかったんですけどね」

心霊スポット然とした印象を持っていたものの、確かにカーブがつづら折りに連なっている道は、バイクで走るのにおあつらえ向きかもしれない。

善は急げとばかり、Kさんはバイトが終わるや否や、峠へバイクを走らせたのである。

曲がりくねった山道は、昼間に訪れたときよりも湾曲がきつく感じた。おまけに夕立のなごりで路面はあちこちが濡れており、油断しているとタイヤが滑って車体が揺れる。

こりゃ、お化けよりも事故のほうが怖いぞ。

いつ転倒してもおかしくない状況に、早めの撤退を考えはじめたその矢先。Kさんは百メートルほど前方に、展望台を兼ねている駐車場の灯《あか》りを見つけた。時間が時間だけにほかの車はおらず、がらんとした広場を水銀灯の青白い光が寒々しく照らしている。

あそこで休憩してから、帰ろう。

安堵《あんど》しながらアクセルグリップを握った、その直後だった。

ずぎゃぎゃきゃきゃきゃぎゃがががががごごご

ヘルメットのなかに轟音《ごうおん》が響きわたった。「工事現場に耳を押しつけた」ような、振動と金属音を混ぜた音であったそうだ。

「人間って、ああいうとき変な想像するんですね。殺人鬼のチェーンソーでヘルメットを斬られたんじゃないか、って瞬時に思いました」

驚きながらもKさんはアクセルを緩めてから、ブレーキをゆっくりとかけた。あまりに突飛な展開であったため、かえって冷静だったのだろうと彼は述懐している。

バイクが完全に止まったのち、一分ほどかけて呼吸を整えてからヘルメットを脱いで、あたりを見まわした。

「うわ」

これまで走ってきたなかで、もっとも湾曲の激しいヘアピンカーブが目の前にあった。彼方《かなた》の駐車場に気を取られており、まるで存在に気づかなかったカーブである。あのまま突っこんでいれば、曲がりきれずにスリップした可能性が高い。

警告だったのか。いまの音は、このカーブを教えてくれたのか。でも、誰が。

ぞっとしてその場でバイクをUターンさせると、家路に就いた。


二日後。彼はあの山道を紹介してくれた先輩に一連の出来事を知らせたのだという。

「……ってな感じで大変でした。いや、あそこって女の幽霊が出るって言うじゃないスか。信じてなかったけど、あんな怪現象体験したら〝ガチかもな〟って確信しますよ。きっとあの変な音、女幽霊の悲鳴ですよ」

ところが、彼の話を黙って聞いていた先輩は合点が往《い》かない表情で首を傾げている。

「……女の話は知らないなあ。俺が走ってたころも、そんな噂は聞かなかったよ。ただ、あそこは何人もバイク事故で死んでいて、ライダーの幽霊が出るって噂はあったぞ」

先輩の台詞《せりふ》を聞いた途端、Kさんの脳内にある仮説が浮かんだ。

あの音はもしかして、事故の音なのではないか。

あそこで死んだライダーがヘルメットの内部で聞いた、ノイズなのではないか。

「音だけの幽霊というのも、いるんでしょうか」

以来Kさんは、あの山道に近づいていないそうだ。

# 第八十三話　蕎麦屋《そば》の罪

Y恵さんの叔父《おじ》さんは、彼女が幼いころに蕎麦屋を営んでいた時期がある。

「なんでも脱サラって言葉が流行《はや》っていたころらしくて、叔父も流行に乗ってみたんだそうです。当時は脱サラと言えばペンションか喫茶店、もしくは蕎麦屋が主流だったんですって」

とはいえ、叔父さんはどこかで修業を積んだわけではなかった。「蕎麦なんて不味《まず》く作るほうが難しいだろう」という、安直な発想にもとづく開店であったようだ。

ところが、叔父さんの作る蕎麦は不味かった。本当に不味かった。

「ウチのお父さんは、〝あれは蕎麦の形をした犯罪だ〟と言ってました。しかも叔父さん、止せばいいのに〝蕎麦は雰囲気で食べる〟なんて言って、山奥にある古民家を借りたんだそうです。おかげで、お客さんなんかほとんどこなくって」

周囲が「いつ潰《つぶ》れるか」を賭《か》けるなか、叔父さんは頑《かたく》なに「味は悪くない。店の存在が浸透すれば繁盛する」と譲らなかった。

「民家を改装する際に知り合った大工さんから、ときたま山菜を貰《もら》って天ぷらにしていたみたいで。それだけは美味《おい》しかったそうです」

そんな、ある日のこと。

閑古鳥が鳴く店内で叔父さんが暇を持て余していると、ふいにがらがらと扉が開いた。入口に立っていたのは、ひとりの中年男性。無精髭《ぶしょうひげ》をまだらに生やして厚手の外套《がいとう》を着た、ここらでは見かけない顔の男だったそうだ。

「蕎麦ぉ、ひとぅつ」

奇妙なイントネーションでそれだけ言うと、男は椅子の上にどっかりと胡座《あぐら》をかいて、お品書きのスタンドを珍しそうに眺めはじめた。

叔父さんはひそかに色めきたった。

あの男、風貌《ふうぼう》からして普通の客とは思えない。もしや高名な評論家かグルメで知られた作家ではないのか。評判を知って、わざわざここまでやってきたのではないか。

興奮を悟られぬように平静を装いながら、叔父さんはいつもより丁寧に蕎麦を茹《ゆ》でた。たれも関東人の舌に（東京から来たと直感したらしい）合わせ、普段よりもやや甘めに調合するほどの徹底ぶりだった。

「お待ちどおさまでした。当店自慢の、田舎盛りです」

文字どおり、蕎麦が山と盛られたせいろが運ばれてくるや否や、男性はつゆにも浸《つ》けず蕎麦を三口ほどでぐびぐびと飲みこむと、そのあとに猪口《ちょこ》のつゆを一気に飲み干した。

そして、唖然《あぜん》とする叔父さんへ「ごぉちそぅさん」と、やはり変わった抑揚で告げるや、無言でテーブルの上へ千円札を置いて、店をあとにしたのである。

叔父さんは唸《うな》った。

あの食べ方、釣り銭を気にしない素振り。やはりただ者ではない。

数日後には噂を聞いた客で店内が溢《あふ》れかえるに違いないと、はしゃいでいたという。


ところが、数日後にやってきたのは意外な客だった。

「ちょっと、聞きてえことがあんだけどよ」

店を訪れたのはいつも山菜を譲ってくれる大工だった。なんでも、何日か前に山菜を採りに山へ入ったところ、藪《やぶ》のなかで死んでいる狸を見つけたのだという。

「それがよ」

狸は、灰色の泥にまみれて死んでいた。不思議に思った大工は毛にこびりついた泥を指で掬《すく》い、においを嗅《か》いでみた。

泥からは、蕎麦のにおいが、ぷん、と漂ってきた。

「ありゃあ未消化の蕎麦だ。けどよ、死に方はまるでネコイラズ食ったみてえなんだよ。お前《め》ぇさんとこで、毒ぅ入れた蕎麦を山に捨てたりしてねぇよなあ」

叔父さんは自身の潔白を熱弁したが、あの男のことは最後まで黙っていたという。

「結局、それで店を畳んだんですって。〝獣が死ぬ蕎麦を人間が食うはずない〟と悟ったらしいです」

叔父さんはその後、駅前で喫茶店を開いた。珈琲《コーヒー》豆を大手焙煎《ばいせん》所から仕入れたのが功を奏し、こちらはいまでも続いているそうである。

# 第八十四話　僧の滝行

ある僧よりうかがった、彼が若い時分の出来事だそうだ。

僧が身を置いていた寺院では、かつて真冬に滝行をおこなっていた。

滝行とは修行の一環で、霊山として知られる裏山の滝に赴いて、身を裂くように冷たい水流に打たれながら経を唱えるものだという。もっとも僧が入山したころにはすでに滝行も廃れており、経験者は寺をおさめる僧正のみであったそうだ。

ある年、修行に迷いが生じた僧は「ひとりで山へ向かい、滝に打たれよう」と決める。

「よくある悩みです。生きるとは、死ぬとはなにか。救うとはなにか、この世とはなにか仏とはなにか……なにより、迷っている自分が、とことん厭《いや》になったのです」

滝からは湯気があがっていた。あまりに気温が低いため大気より水の温度が高くなり、湯気がたちのぼっていたのである。

合掌してから、滝の真下へ足を進める。

突き刺さるような飛沫《しぶき》がうなじに当たった瞬間、体温が一気に下がるのが解った。

「冷たいのは最初の数秒だけ。すぐに身体中が熱くなり、その後に一瞬で感覚がすべて消えました。手足はもちろん、立っているのかどうかも解らないんです」

麻痺《まひ》する爪先《つまさき》へ力をこめ、僧はひたすら経を唱えた。凍えて唇が動かない。かじかんだ手が意思とは無関係に大きく震える。ここから逃げたい。けれども逃げたが最後、自分の修行はそこで終わる。逃げるか留《とど》まるかと迷いながらも、僧は経を読んだ。やがて時間の経過が解らなくなり、いま自分がなにをしているのかも覚束《おぼつか》なくなった。

どうして自分はこんな苦しい思いをしているのか。どうすれば楽になるのか、救われるのか。延々考えるうち、頭のなかに《死》という漢字が蠟燭《ろうそく》の灯《あか》りのように点《とも》った。

「人は苦しみが終わらないと悟った瞬間、死を受け入れるのだな、と感じました。普段あれだけ恐れていた《死》というものが、あたたかな布団のように思えてきたのです」

よし、死んでしまおう。無意識に経を止めて、ぽつりと呟《つぶや》いた。

「そのほうがいい」

目の前で男が嗤《わら》っていた。

髑髏《どくろ》に薄衣を張ったような男だった。頬が骨の形にこけており、両目は水気を失って皺《しわ》が寄っている。そのくせ肌は妙に艶《つや》やかで、油を塗りたくったように光っていた。

滝の内側は、人ひとりしか入れぬ狭い空間である。ならば、これは人ではない。

「しんでしまおう」

男は滝の外へ導くように、僧の手首をがっしと摑《つか》んで嗤い続けた。水音を突き破って哄笑《こうしょう》が聞こえてくる。その声を打ち消そうと僧は身を強張《こわば》らせ、ひたすら経を叫んだ。

気がついたときには、滝の向こうがほのかに暗くなっていた。慌てて周囲を確かめたが、男の姿はどこにもなかった。雪の上の足跡も、自分のもの以外見あたらなかった。日が暮れては大変だ。僧は震える身体で滝を脱し、ふらつきながら寺へと戻る。

「下山中は、〝迷う心が幻を見せたのだ、まだ修行が足らぬ〟と反省していたのですが」

本堂で毛布にくるまったまま介抱されていると、僧正がやってくるなり「あの方と話をしたか。よい修行であったな」と微笑んで、毛布のなかから僧の手を引っ張りだした。手首には何者かに摑まれた赤い痕《あと》が、くっきり残っていたそうだ。


かつて即身仏が安置されていたと噂される、東北の寺での話である。

# 第八十五話　プラネタリウム

場所を伏せる条件で、掲載をお許しいただいた話である。

ある地方都市の教育関係施設には、プラネタリウムがある。

市内の小学生が実習で利用するほか、週に二度は一般向けに開放し、月毎のテーマで星座を紹介している。

機器を操作するのは施設の職員だが、実はこの仕事はあまり好かれていない。数名しかいないはずの真っ暗な場内が、ときおり人の気配で溢れるためだという。

職員によっては、座席で痙攣《けいれん》する無数の頭や、操作盤を覗《のぞ》きこむ異様に長い顔の老人、場内をぱたぱた走りまわるピンポン玉のような目をした女の子などを目にする。むろんそのような人物など誰もいない。

月に一度の会議は、毎回プラネタリウムの存続で紛糾する。機器操作を任されている職員が「怖いから一日も早く閉鎖してほしい」と訴え、上司が困った顔で「そんな曖昧《あいまい》な理由では」と返す。議論は平行線を辿《たど》り、やがて古参の女性職員が「だから私はつねづね言っているんです。お墓の跡地にこんな施設を建てたのが間違いだって」と叫び、それを合図に会議は終了するのが、常となっている。

「もし、近々プラネタリウムが閉鎖される施設があったら、そこがウチかもしれませんね。興味がおありの方は、行ってみると面白いモノが見られるかもしれませんよ」

話者はそう言って笑った。

この原稿を書いている現在、プラネタリウムは存続している。奇妙な人影はいまでも頻繁に目撃されるそうだ。

# 第八十六話　予言者たち

これからご紹介する話は、本書の執筆に際し最後まで掲載を躊躇《ちゅうちょ》した。話があまりに荒唐無稽《こうとうむけい》すぎるためだ。

はじめてうかがった際には「これは話者の創作ではないか」とひそかに思ったほど、この話は私の《怪談の定義》から逸脱していた。それでもなお載せたいと思う魅力があったのも、また事実なのだが。

掲載を迷った理由は、もうひとつある。怖かったのだ。

怪談屋がいまさらと笑われるかもしれない。だが、この話は自分がいままで手がけてきた怪異譚《たん》とは、趣きがあきらかに異なる。この話を世にだしてしまえば、障《さわ》りや祟《たた》りなどとはまるで異質の「なにか」が降りかかるのではないか。怪談作家を生業《なりわい》にして以来、はじめてそんな恐怖の念を抱いた。それでも、書きたい衝動は止められなかったのだけれど。

予想以上に長くなってしまった。本編へ入ろう。

ある旅行会社に勤める男性から聞いた、およそ二十年前の出来事とだけ記す。

きっかけは、とある女性添乗員からの相談であった。

「おかしな客がいる」というのだ。

その添乗員は二ヶ月ほど前に、ヨーロッパ諸国を巡る団体旅行を担当していた。十数名のツアー客は一週間あまりの滞在日程をつつがなく終えて、まもなくアムステルダム空港から日本へ帰国するばかりであったそうだ。

ところが、帰国当日になって大変なことが起こった。一行が空港のゲートを潜《くぐ》った直後、別の便が離陸に失敗して滑走路に墜落、炎上したのである。

空港内に悲鳴と怒号が飛び交う混乱のなか、自分たちの飛行機だけが予定どおり飛び発《た》つはずもない。結局、ツアー客は空港で半日ほど足止めをくらったのち、ようやく帰国の途についた。窓ごしに燃えさかる飛行機を見た所為《せい》か、クレームは一切なかったという。

問題はその後だった。

帰国した翌週、報告書を作成するためにツアー客の名簿を再確認していたその最中、添乗員は奇妙な符合に気がつく。

過去データと照らし合わせたところ、搭乗客のうち十三名は、以前も同じ会社のツアーに複数回参加していた。そして、彼ら十三名が参加したツアーに限って、ひとつの例外もなく、なんらかのアクシデントに巻きこまれていたのである。

火山噴火、地震、暴動。アクシデントの種類はさまざまであったが、予定どおりの日程で帰国できたケースは皆無だった。つまり、彼らは旅行に訪れた先でなんらかの災害や事故を、かならず目撃しているのだ。

報告を受けて、男性は絶句した。

「一人の例外もないのか」

彼の問いに、添乗員が青ざめた顔で頷《うなず》く。

「十三名全員、過去にトラブルのあったツアーに揃って参加しています。妙なのは全員、災害や事故が起きる国を、一年ほど前から何度か旅行しているんです」

「……まるで、下調べじゃないか」

「はい。あらかじめアクシデントが起きる場所と日時を確認したうえでツアーを選び、その瞬間を近場で見物しているとしか思えません」

男性は頭を抱えた。ひとりやふたりであれば、まだ「偶然だよ」と納得できる。もしくは立て続けに事故や災害に遭うという《運のない人物》も、この世にはいるのかもしれない。しかし複数名、それも毎回とあっては偶然で片づけるのも難しい。だとしても、どうすれば良いというのか。彼らが災害や事故を起こしているわけではないのだ。

「……とにかく、今後のことも考えて本社でも調べてみよう」

正直、この時点ではまだ「偶然が重なっただけだ」と思っていたそうだ。

ところが、事態は意外な展開を見せはじめる。

「……あの」

添乗員の相談を受けてから数日後。《例の客》の調査を依頼していた本社の社員が、顔面を蒼白《そうはく》にして彼のもとへやってきた。

「ちょっと、ご相談が」

震えた声で告げながら、社員は乗客リストを机の上へ広げた。

「なにか問題でも……」

リストを眺めつつ訊《たず》ねた言葉が、途中で止まる。

住所が同じだ。

あの《例の客》十三名は、住所がまったく一緒なのだ。

「……家族、とか」

男性の発言に、社員が大きくかぶりを振った。

「苗字《みょうじ》も全員違いますし、生年月日から考えても家族とは思えません。それに……この住所、古いアパートの一室なんですよ。そんなところに十三人も住めますかね」

結局、それ以上はなにも解らず、調査は打ち切らざるを得なかったという。

「……この出来事をお知らせしたのには、理由があるんです」

ひととおりの説明を終えた男性が、いっそう重い口調で言葉を続ける。

「時が過ぎ、現在は個人情報保護を理由に以前のような調査はできなくなってしまいました。しかし、あの女性添乗員はいまも現役でして……たまに連絡がくるんです」

あの十三人、一年ほど前から国内旅行ばかりしているそうなんですよ。

「国内で、なにかあるんでしょうか」

男性の問いにも、答えを持たない私は黙るよりほかなかった。

胸に湧く不安が杞憂《きゆう》であることを祈りつつ、この話を終えたいと思う。

# 第八十七話　アラーム

前述の「予言者たち」を執筆していたときのことである。

八割がたを書き終えてひと息ついていると、突然携帯電話が鳴りはじめた。

誰かと思い画面を見れば、表示されていたのは発信者の名前ではなく現在の時刻である。要は、アラーム機能が作動していたのだ。

けたたましい音を止めてから、私は「はて」と首を捻《ひね》った。

いまは午後の早い時間である。通常、私は仮眠から目覚めるため深夜か朝方にアラームをセットしているはずだ。こんな昼下がりに設定したことは、一度もない。

故障かな。

しげしげと画面を眺めていた私は、ふと、アラームの時刻に目を留めた。

十三時十三分。

偶然だ、「予言者たち」に登場する人物の数と同じ数であったのは、本当にたまたまなのだ。そう己に言い聞かせてはいるものの、私の頭からは《警告》という文字がいまも離れないのである。

## 第八十八話　バンカーズランプ

私の知人が一年前、本屋の前に雑貨を並べていた露店でバンカーズランプを購入した。

バンカーズランプとは、緑の傘が特徴的な、ハリウッド映画でオフィスの場面などによく登場する卓上照明である。《バンカー》と呼ばれる銀行幹部が使用していたために、その名前がついたらしい。

知人が購入したそれは中古の割に程度がよく、真鍮《しんちゅう》のボディにも錆《さび》ひとつ見あたらない。なかなかの破格値だったため、即決で買い求めたのだという。

さっそく帰るなり机に置き、ちょっとしたインテリアを兼ねて愛用していたそうだ。


ところが、このランプはすこぶる不調だった。

電球が頻繁に切れるのである。

真新しいものに交換しても三ヶ月と保《も》たず、しまいには換えた翌日に点《つ》かなくなった。

配線の故障かと思って個人経営の電気屋に持ちこんでみたものの「特におかしなところはないですね」と突き返されてしまい、原因はまるで解らない。

と、首を捻っていた知人は、ある事実に気がつく。

最初に電球が切れた次の日、義母が駅の階段で転倒して鎖骨を折った。次に照明がおかしくなった翌日には、実父がトイレで脳溢血《のういっけつ》になっているところを発見されている。三度目のときは妻が出先で火災に巻きこまれ火傷《やけど》を負い、四回目に灯《あか》りが点かなくなった際には、健康診断で彼自身に腫瘍《しゅよう》が見つかっている。

「偶然だとは思うんだが、気持ち悪くってね」

そう言って、知人はくだんのバンカーズランプを、私に預けたのである。

数日後、ランプの出所を探ろうと、私は彼が購入した露店を訪ねてみた。

ところが毎週末かならず出ていたという露店は、その痕跡《こんせき》さえ見あたらない。どういうことかと敷地を貸していた書店の店員に訊ねたところ、意外な言葉が返ってきた。

「逮捕された」というのだ。

露店の主《あるじ》は平素、軽ワゴン車に売り物の雑貨を積んで書店まで通っていたのだという。ところが実はその車は盗難車であり、おまけに露店主は無免許だった。さらに警察が問いつめたところ空き巣の余罪が判明し、結果捕まったままなのだという。

「じゃあ、売っていたのは盗品ですか」

「いいえ、雑貨はちゃんと購入したものみたいです。なんでも店主が急死した質屋から二束三文で買い叩《たた》いたとか。それ以上は、こちらもよく解らないんです」

そんなわけで、あのランプにはどんな因縁があるのか、いまもって私は知らないのである。

否、もしかしたら「あの」という言葉は誤りかもしれない。この原稿は、目の前にあるバンカーズランプの前で書いているのだから。

ときおり、なにかが灯りの前を横切る以外、いまのところ怪異は起きていない。

# 第八十九話　デジャヴの行く末

デリヘル嬢のPちゃんは、五歳のときに《オバケ》を見たことがあるのだという。

「そんときアチシ（自分のことを彼女はこう呼ぶ）、歯磨きしてたの。五歳くらいかな。子供だから洗面所に届かなくて、そんで背伸びしてたら……鏡に」

恐ろしい顔つきの女が映っていたのだそうだ。

異様に巨大な目、白とも金ともつかぬ怪しい色の髪。毒々しい爪は刃物のように長く、首の周囲には禍々《まがまが》しい模様が刻まれていた。

驚く幼いPちゃんの前で、鏡の女はあとずさりながら消えていった。

「ビックリして、そらもうギャン泣きよ。でもママンもパパンも信じなくってさ。思えばアチシ、あれがキッカケで親に不信感もってグレたのかもしんない、あははは」

時計の針は、話をうかがう二ヶ月ほど前まで一気に進む。

その日、Pちゃんは珍しく朝早くに起床したのだという。

「や、そろそろトシ的にデリはキツくなってきたんで、ショップでもやろうかと思って。じゃあ自分の店を持つ前に勉強しなきゃって思うじゃない。だからアチシさ、その日にショップのバイト面接を受ける予定だったのよ。で、気合い入れてメイクしてたのネ」

鏡に向かって身だしなみを整えていた彼女は、ふと、妙な感覚に襲われた。

この光景、前にも見たことがある。

奇妙な記憶に戸惑い、思わずあとずさりながら鏡を眺める。

つけまつげで大きく飾った目。アッシュに脱色した長髪。昨日サロンで塗ったばかりのネイルに、元カレとペアで入れた首のタトゥー。

「あ」

気がついた。あの日見た《オバケ》に、いまの自分は瓜《うり》ふたつだった。

「もうノーベル（大発見という意味らしい）。あんま驚いてLINEで皆に知らせたもの。ま、誰も返してくれなかったけど。そりゃ困るよネ、〝あたしオバケだった〟って送られても、どんな返事すればいいか、フツーは解らないって。あははは」

二十年越しで《オバケ》の正体を探りあてた彼女には、現在、悩みがあるという。

「実は……十歳くらいだったかな、別な《オバケ》も見てるんだよね」

鏡のなかに佇《たたず》んでいたのは、五歳のときに目撃した女とは別の女性だった。

黄色く濁った肌に水気の失《う》せた髪。かさついた唇からは、ぼろぼろの歯が覗《のぞ》いている。

老婆のようにも、病でがっくり老けこんだ中年女性のようにも見えた。

女は、呆然《ぼうぜん》とするPちゃんの目の前で静かに首を振ってから、消えたという。

「その前に見た女は未来のアチシだったわけでしょ……じゃあ、あのお婆さんももしかして。」

そこまで言うとPちゃんは深々とうなだれて、長い吐息を漏らした。

# 第九十話　返却願い

「ほんと、歴代でサイッテーでサイッアクのカレシでしたよ、アイツ」

Kさんが憤っている相手は、数年前につきあっていたヨシという男性である。

彼女いわく、ヨシは「チョー恩着せがましかった」のだという。

「たとえばね、ご飯食べに行ってその場はアイツが払うとするでしょ。すると何日も〝あのとき奢《おご》っただろ、お前感謝しろよ〟って延々言ってくるの。三百円のハンバーガー一個でそんなん言われても、ハァって思うでしょフツー。ね、オジさんも思うよね」

「オジさん」こと私がそう思うか否かは別として、ヨシという人物は好意的に言うなら金銭面にかなりシビアであったようだ。もっともそれだけであればさして珍しくはない。

彼は《貢ぎノート》をつけていたのだという。

「ジュースとかセーターとか、私にご馳走《ちそう》したり買ってくれたモノの日付と値段をひとつ残らずノートにメモってるの。喧嘩《けんか》すると〝何月何日にお前にアレを買ってやっただろ〟って。こっちだってデートに行った球場で生ビール買ったりしてんのに、〝それはお前が俺に飲んでほしくて自主的に買っただけだから〟ってヌカしやがってさ。ほんとムカつく」

そんなふたりが長く続こうはずもない。あるとき、Kさんは彼に愛想が尽きて別れ話を切り出したのだそうだ。

「顔も見たくなかったんで、メールでバイバイ。そしたら返信がきて」

メールには、〝いままでお前にあげたモノを返せ〟という文章に続いて、プレゼントの一覧と金額がずらずらと書き連ねてあった。その数、およそ百二十項目。

「しかも〝本当なら慰謝料も請求するところだが、俺は優しいから勘弁してやる〟って。アタマにきたから全部段ボールに詰めこんで、ソッコーで送り返してやりました」

清々して、その日は眠った。


「二時ごろだったかな」

奇妙な音に眠りを妨げられ、彼女は寝ぼけ眼《まなこ》で部屋の灯《あか》りをつける。

抽《ひ》き出しが踊っていた。

化粧台の抽き出しが、バネでも仕込んだようにガタガタと激しく動いている。鏡の前の化粧瓶がすべて横倒しになるほどの振動だった。

一瞬地震かと思ったものの、電灯の傘も窓辺の花瓶も微動だにしていない。

「なに、なに、なんなのよ」

震える手で、壊れんばかりに跳ねあがる抽き出しを一気に開けた。

途端、揺れがぴたりとおさまる。

静まった部屋に自分の呼吸だけが響いていた。静寂がおそろしくなり、テレビをつける。間抜けなテレビショッピングの音楽で平静を取り戻したKさんは、意を決して抽き出しを覗きこんだ。

「……これかよ」

ほかの口紅や装飾品を払い除《の》けたように、抽き出しのまんなかにひと組のイヤリングがぽっかり転がっていた。

「ヨシが買ってくれたイヤリングでした。〝ああ、これも返せってか〟と呆《あき》れましたよ。露店で買った五百円のモノなんですけどね。ほんっと、サイテーな男」

現在、Kさんは別な男性と交際している。

「今カレは、私がお願いするとなんでも買ってくれるんですよ。こないだなんか限定のコスメを徹夜で手に入れてくれたの。サイコーでしょ。オジさんもそう思うでしょ」

Kさんが嬉《うれ》しそうに笑う。イエスもノーも言えず、私は苦笑するよりほかなかった。

# 第九十一話　優麗

真夜中、C君という知人の男性から突然電話があった。

「あの、いま幽霊が出て、でも打ったら消えて、これイケますよ」

興奮しているのか発言がまるで要領を得ない。知人のなかでもお調子者で知られる人物ではあるものの、この口ぶりはやや異常である。ひとまず落ち着くよう促してから、私は改めて話を聞いた。以下は、そんな彼の体験談である。


私に電話をよこす数分前、彼は深夜の職場でパソコンメールを打っていたのだという。

その日は会議が長引いてしまい、おまけに顧客とのトラブルが立て続けに起こったために、メールを返信する余裕がなかったのだそうだ。

「今日中に返事をしなきゃいけない案件がいくつかあったんです。それでやむなく残業。夜のオフィスで独りになる状況は、なるべく避けていたんですけどねえ」

C君がそう言うのには理由があった。

彼の会社が入っている古い貸しビルは「出る」ことで有名だったのである。

社員はもとよりオフィスを訪ねてきたクライアント、はては警備員や清掃員の女性まで、あらゆる人が《半透明の女》を目撃していた。出没する時間帯はまちまちだが、出るのはきまって彼のオフィスか、その手前にある廊下であったという。

その女が何者であるかは誰も知らなかった。数年前に屋上で心中をはかったカップルの片割れだとか、不倫のすえに捨てられ退職した女子社員の生霊《いきりょう》だとか、そもそもこのビル自体が墓場を埋めて作ったのだとか、憶測ばかりが飛び交っていたようだ。

正体がなんであれ、そんなものを積極的に見たがる人間などいようはずがない。結果、彼の職場では午後八時以降に残業しないという《暗黙の了解》が生まれたわけだ。

「まあ、残った書類を家に持ち帰ってやるから結局は残業なんですけど。それでも気味の悪いオフィスに残っているよりはマシだって、全員が納得していたんですよ」

そんな、皆が口を揃えて「不気味」と公言して憚《はばか》らない職場に今夜は彼ひとりである。自然とキーボードを打つ手が速くなり、焦るあまり何度も時計を確かめる。換気ダクトや廊下に置かれた自動販売機の唸《うな》りが、その日にかぎってやけに耳ざわりだった。

「それで必死に返信して、ようやくメールがあと一通になったわけです」

このメールを送って、とっとと退散だ。

やや落ち着きを取り戻した彼は、キーボードの脇に置いたアルミ製のコーヒーマグへ視線を移した。

「は」

銀色のコーヒーマグに、歪《ゆが》んだ自分の姿が映っている。

その背後で、人影らしき姿が動いていた。

後ろでゆらゆらと揺れている《それ》は、どう見ても長髪で白い洋服を着た女にしか思えない。無言のまま、視線をパソコンモニタへと戻す。振り返る勇気はなかった。

さて、どうするか。

怖気《おぞけ》を感じつつ、彼はふいに、知人である私を思いだしたのだという。

オバケの話ばかり書いているなら、こういう場合の対処法も知っているのではないか。一縷《いちる》の望みを託し、彼は私のアドレスを検索するや新規メールを打ちはじめた。「電話だと声で気づかれるような気がした」のだそうである。

【緊急】と題名を打つ間も、つい気になって横目でマグを確かめる。女は、あいかわらず右へ左へ揺れていた。どうしたわけか空気が雨あがりのようにじっとり湿っている。

気にするなと心のうちで唱えながら、彼は本文の書きこみ画面をクリックした。

「いま職場にいるんだけど、僕の後ろに変なものがいる。これって——」

と、震える手でキーボードを叩《たた》いていた所為《せい》か、彼は漢字変換を誤ってしまった。

「幽霊」を「優麗」と打ったまま、決定キーを押してしまったのである。

瞬間、オフィス全体に強風が吹き抜けた。C君いわく「映画の、地雷が吹っ飛ぶ場面で見るような爆風」であったそうだ。

机の書類がふわりと舞い、卓上カレンダーがぱたりと倒れる。観葉植物が風に負けて、ごとん、と鉢を鳴らした。

なんだ、いまの。呆然《ぼうぜん》としながら、彼は無意識のうちに振りかえった。

背後には誰もいない。湿っぽい空気も、いつのまにか消え失《う》せていた。

「……ってワケで僕はついさっき幽霊退治に成功したんです。黒木《くろき》さんが前に言ってた、コトダマ……でしたっけ。いやあ、本当にあるんだなあとビックリしましたよ」

呆れる私をよそに、C君は「そのうち〝優麗〟ってタトゥーでも腕に彫ろうかなあ」と笑ってから電話を切った。


数ヶ月後。この話を本書へ掲載するにあたり、私は細部を確認するため改めてC君へ連絡をとった。電話に出た彼はあいかわらず元気そうであったが、私がオフィスの幽霊の話をするなり「実は、あのあと」と、声を潜めた。

女の正体が気になった彼は、他のオフィスの従業員や警備員へ挨拶《あいさつ》がてら、それとなく話を聞いてみたのだという。その結果、このビルには過去に心中したカップルも捨てられた女子社員もいないことが判明した。墓場の上に建っているという話もデタラメだった。

ただ、古参の警備員によればビルができて間もないころ、何者かが段ボールいっぱいの人形を捨てていったという出来事があったそうだ。

「あの女との関連は解らないんですが、なんだかその話がやけに気になっちゃって」

除霊の方法を発見した現在も、夜のオフィスには極力残らないようにしているという。

# 第九十二話　行方不明

「あのさ、嘘なんでしょ」

席に座るなり、Tと名乗る男は私を睨《にら》んだ。

「怪談ってさ、最後はいつも行方不明になるじゃん。そんな都合のいいことってあるの。アンタらが適当に書き加えて、怖がらせようとしてるだけなんでしょ」

またか、と私はうんざりしていた。怪談蒐集《しゅうしゅう》を生業《なりわい》にしてから間もなく、この手の輩《やから》がやってくるようになった。懐疑派——それも、かつては怪談を好んでいたが、熱い思いをこじらせるあまり、いつしか嫌悪するようになった——そんな類《たぐい》の人間である。喫煙者が禁煙に成功した結果、非喫煙者より過激な嫌煙家になるようなもの……といっては語弊があるだろうか。

彼らは「怖い話を持っている」と誘い、のこのこ出てきた私へ議論をふっかけるのだ。細部の矛盾をつき、筋立てを凡庸だと笑い、結末を嘲《あざけ》る。「そこまで厭《いや》なら、お読みにならないほうが精神衛生上よろしいのではないですか」と思うのだが、そうではないらしい。好きなればこその苦言、愛ゆえの批判だと彼らは信じているのだ。

「あの……すくなくとも私は、話者や体験者を勝手に行方不明にすることはありません。

むろん話してくださった方が〝盛っている〟可能性は否めませんが、それでも話に綻《ほころ》びがある場合は確認するようにしています。それ以上は、説明のしようが……」

すっかり言い慣れた台詞《せりふ》を淀《よど》みなく一気にまくしたてる。と、こちらを睨んでいた目がわずかに弛《ゆる》み、続けて彼は「本当なんだ」と呟《つぶや》いた。

「じゃあ……俺が会ったあの人、《ホンモノ》だったんだね」

にわかに風向きが変わる。私は慌ててペンを握りしめた。


五年ほど前、Tは関西の大都市に暮らしていたのだという。

当時の住居は、横町じみた狭い路地にある古いアパート。「いまだに、洗濯機を表廊下へ置かないといけないようなところ」とは、彼が自らの住まいを簡潔に説明した言葉である。

隣人とはほとんどつきあいがなかったが、真下に暮らしている男性とはしばしば雑談を交わしたという。男性の名はシゲルさん。四国からやってきたという話だった。

「日中からよく階段に座ってワンカップ飲んでたな。会うと〝お、若いの。お出かけか〟なんて笑って。実家から届いたミカンをあげたこともあったよ」

アパート暮らしは三年ほど続き、やがてTは実家の都合で郷里へ戻ることになった。シゲルさんにだけは、挨拶しとくか。

引っ越しを数日後に控えたある日の午後、Tは別れを告げに真下の部屋を訪れる。

ところが、何度ノックをしても部屋からは返事がない。おそるおそるノブをまわすと、ドアはすんなりと開いた。

「シゲル……さぁん」

呼びかけながら足を踏み入れるなり、Tは絶句する。

窓という窓、天井、畳、ドア、トイレ。あらゆる場所に新聞紙が貼ってあった。

「便槽や風呂《ふろ》の蛇口まで。おかげで水まわりは黒ずんだ新聞でベチョベチョ、ふやけて乾いてを繰りかえしたんだろう」

あまりに想像を絶する光景に、後ずさりして部屋を出る。と、背中がなにかに触れた。

「見たのか、若いの」

コンビニ袋いっぱいにワンカップを詰めた、シゲルさんだった。

「……故郷から逃げてきたんだよ」

シゲルさんはTを部屋に招き入れると、いきさつを語りはじめた。

十数年前、彼は地元の解体作業員として働いていた。家屋を重機で壊し、廃材を撤去して更地にする。そのような仕事であったそうだ。

ある年の春、古い家を取り壊していると、砕けた天井裏から掌《てのひら》大の木箱が転がり落ちてきた。木箱は金糸で十字に留められており、蓋《ふた》が薄紙で糊《のり》づけされている。薄紙には筆でなにやら書かれていたが、滲《にじ》んでいたために読める文字はひとつもなかったという。

高そうだな。

ふと周囲を見れば、箱に気がついた作業員はほかにいない。

ゴミなら、あとで捨てりゃ良いさ。

作業着の内側へ小箱をそっとしまい、その日は早退した。

家に帰って景気づけのためにビールをふた缶呷《あお》ってから、シゲルさんは箱を開封する。

「……なんだよ、これ」

葡萄《ぶどう》の実を乾燥させたような粒が、脱脂綿のなかに埋まっていた。粒の中央には濁った灰色の点が浮かんでいる。

萎《しぼ》んだ眼球。人のものであることを示すように、綿の間に爪の破片が残されていた。

気味が悪くなったシゲルさんは、眼球を箱ごとコンビニのゴミ箱へ捨ててしまう。

妙なことが起きはじめたのは、その翌日からだった。

「シゲルさんいわく……《視線》を、感じたんだそうだ」

仕事場、寝室、風呂、トイレ。どこにいても絶えず誰かに見られているような気配がする。当然ながら、振り向いてもドアを開けても誰の姿もない。時間が経つごとに視線の数は増え、しまいには部屋全体が眼球でできているような錯覚をおぼえたそうだ。

「それで……シゲルさんは耐えきれず故郷を捨ててきたんだと話してくれた。地元では行方不明者扱いだろうな、と寂しそうに笑ってたよ」

もっとも、その時点でTは「酔っぱらいの戯言《たわごと》だろう」と、まるで信じていなかったらしい。

「だって、どう聞いても妄想じゃないか。無数の視線だなんて」

そんなTの考えが覆るのは、故郷に戻って一年後だった。


地元の企業に就職して半年ほど経ったころ、Tはシゲルさんと同郷の男性に出会った。出身地を訊《たず》ねたところシゲルさんが口にしていた地名で、年代もほぼ一緒。顔見知りかもしれないと、Tはその人物にシゲルさんのことをそれとなく訊ねてみたのだそうだ。

「その人は知らないけど……おかしな話があったなあ」

男性によれば、故郷には《×××》と呼ばれる旧家があった（差別用語なので詳細名は伏せる）。由来は不明だったが、家紋が眼に似ていた所為《せい》とも先代が盲目であったためとも噂されていたらしい。

何年か前のこと、身寄りのなかった当主が死んだことにより、《×××》の家屋は解体され更地になった。その際、ちょっとした事件が起きたのだという。

ある日突然、ひとりの作業員が現場にこなくなった。てっきり、賃金に不満でもあって欠勤しているのだろうと思われていた矢先、くだんの作業員はふらりと姿を見せる。

半裸の作業員は、身体じゅうに筆で眼の絵をびっしり描いていた。

「どしたんだ、なんのつもりだ」

訊ねた現場監督へ、男はいきなり「きいたらおまえもみるんだあッ」と叫んで摑《つか》みかかると、親指で監督の両眼を押し潰《つぶ》し、そのまま逃げてそれきり行方不明になってしまったらしい……男性は、そんな噂を教えてくれたのである。

「……その作業員がシゲルさんだという保証なんてないし、まあ普通に考えるなら〝頭のおかしくなった男が傷害事件を起こして余所《よそ》に逃げた〟ってだけ、怪談と無縁の与太話みたいなものだろ。でも……最近、絶えず誰かに見られている気がするんだよ。これって、なんなんだよ」

Tは顔をすっと伏せて、ちいさく呟いた。

「視《み》えないほうが怖いってことも、あるんだな」

その後、彼から連絡はない。行方を確認するべきかどうか、迷っている最中である。

# 第九十三話　起きてみたら

S君は、伯父《おじ》の三回忌をすっぽかした経験がある。

「当時、無職だったんです。転職に失敗して実家にも帰れず……そんな状態で法事なんかに顔を出した日には家族や親戚《しんせき》からなにを言われるか。なので、逃げました。山に」

選んだ逃亡先は、何度か訪れたことのある隣県の渓谷。携帯電話の電波圏外であったのが、そこを選択した理由であったそうだ。

「だって間違えて電話を取っちゃったら、怒られるに決まってるじゃないですか」

シーズンからやや外れていたのも手伝って、山は静かだった。

彼のほかに人の姿は見あたらず、雨風も気配さえない。日中は美しい景色に目を細めていたS君だったが、日が暮れた途端に空《むな》しさが襲ってきたのだという。

自分はなにをしているのか。本当にこれで正しかったのか。

バーボンを呷りながら彼は悶々《もんもん》と考え続けた。自分に優しくしてくれた生前の伯父を思いだしながら、ひたすら酒を浴びた。

「ごめんよ、って言いながら横になったのは憶《おぼ》えています。気がつけば……朝でした」

すっかりと明るくなったテントの向こうを眺めながら、S君はため息をついた。

いまごろは、親父が我が子の不肖を墓前に知らせているだろうか。

「どうしようもない、いまさら挽回《ばんかい》できるわけでもないし」

自嘲《じちょう》しながら、表で用を足そうとテントのジッパーを開ける。

「は」

目の前で、喪服姿の父が口をあんぐりと開けていた。背後では、母親や親戚が目を丸くしている。周囲には墓石が立ち並んでいた。

「伯父の眠る、墓所だったんです」

キャンプ地からここまでは、ゆうに百キロ以上離れている。仮に酔っていたとしても、気まぐれに歩いて辿《たど》り着ける距離ではなかった。

混乱しつつ、S君は彼以上に混乱している両親と親族にありのままを語ってきかせる。不思議と、誰ひとり「嘘だ」とは言わなかったという。

「……呼ばれたんだから、手ぐらい合わせろ」

父はそれだけ零《こぼ》すと、あとはなにも言わなかった。

「そのとき出会った遠縁の方が〝ウチの会社、人手が必要なんだわ〟と声をかけてくれて。いまは新天地で頑張っていますよ。ただ……あれ以来、キャンプに行くと寝る直前まで外を確かめる癖がついちゃいました。変なところに飛ばされたら大変でしょ」

S君は日焼けした顔をほころばせて、愉快そうに笑った。

# 第九十四話　不器用なキャベツ

「銀婚式の翌年に、妻を亡くしましてね」

Ｂ氏は静かな調子で呟《つぶや》いてから、顔を伏せたまま「それ以来」と言葉を続けた。

「出る……正確には、聞こえるんですよ」

彼の妻は自宅の台所で死んでいたのだという。

第一発見者は、二泊三日の出張から帰ったばかりのＢ氏自身であった。死因は心筋梗塞《しんきんこうそく》。苦しみのあまり台所の床を掻《か》きむしったらしく、死体の脇には生爪が転がっていた。千切りのキャベツが、山盛りのまま流し台に放置されていたそうだ。

「私が糖尿を患っていたので、食事を気にかけてくれていたんです。料理が得意ではないのに、頑張ってね。不格好なキャベツの千切りを食卓に出してくれていました」

悲しみのうちに葬儀を終えた、その翌朝。彼は聞き慣れた音で目を覚ます。

とととと、とと、とと、とととと。

「包丁でした」

不定期なリズムの、いかにも不器用さ漂う音。慌てて跳ね起き、台所へ走る。

キッチンへ到着したと同時に音は止まった。当然ながら誰もおらず、片づけそこねたキャベツのかけらが萎《しお》れているだけだったという。

「そのときは、幻聴だと思ったんです。しかし」

音はその後も続いた。

はじめのうち、B氏は音がするたびに飛び起きて台所で妻の名前を連呼した。だが、やがてゆっくりと起床してから「おはよう」と声をかけ、昨日あった出来事を無人のキッチンへ話すようになったのだそうだ。

「生きていたときと同じ振る舞いをするように心がけたんです。妻は近くにいる……そう考えると心が穏やかになりました」

見えない千切りは、彼がかつての同僚と再婚を決める二年後まで続いた。


では音が止んだのかと言えば、そうではない。

「ここ最近は……すこし変わりましてね」

音は、肉切り包丁で骨を断つような、ごり、ごりり、というものに変化したのだそうだ。B氏の言葉を借りるならば《なにかを責めるような、血のにおいのする音》らしい。

そこまで言ってから、彼はすこし迷ったのち「妻は知ったのかもしれません」と、力なく漏らした。

「再婚相手がかつての不倫相手で、妻が死んだ日の出張も彼女と行っていたことを」

再婚相手には、なにも知らせていない。
近々我が家へ越してくる前に言うべきか、B氏はまだ悩んでいるそうだ。

# 第九十五話　ピカソ

「小学六年の春でした」

H美さんは父親の転勤に伴い、関東の地方都市へ引っ越した。新しい学校はひと学年にクラスが六つもある小学校で、はじめは人の多さに酔ってしまったそうだ。

「一ヶ月かけて、ようやくクラス全員の顔と名前を把握しました。それで、すこし余裕がでてきたころ、ひとりの同級生が気になりはじめて……」

その女の子は、ピカソというあだ名だった。

名前の由来は《顔》。ピカソの顔面には大きな傷が縦に走っており、傷跡を境にして、肌の色が微妙に異なっていたのだ。そのさまが有名な画家であるパブロ・ピカソの作品を彷彿《ほうふつ》とさせるため、彼女はピカソと呼ばれていたのだという。

「同級生の話では、お母さんの運転する軽自動車で事故ったときの傷らしくて。ピカソは助かったんですが、彼女の弟とお母さんは、肉のかたまりになっちゃったとか……」

ピカソは皮膚が引き攣《つ》っているため、いつも微笑んでいるように見えた。しかし、その表情に反して目は笑っていなかった。まなざしには、絶えず怯《おび》えの色が浮かんでいた。

虐《いじ》められていたのである。

「私が転校してくる以前からイジメはあったようです。運動会の徒競走でピカソが転倒し、そのためにクラスが負けた所為《せい》だと、同級生からは教えられました」

顔に傷のある医者が主人公の漫画を机に置く。傷を揶揄《やゆ》する歌詞の替え歌を合唱する。クラスの本棚にピカソの伝記本を置く……首謀者は男子生徒だったらしいが、一見すると虐めに見えない手腕は見事であったらしい。

「先生はまるで気がついていませんでした。〝うちのクラスは団結力があるわ〃なんて言っちゃって」

ふたりは同じ通学路だった。

ピカソは、H美さんがほかの同級生と帰っているときには話しかけようとしなかったが、ときたまふたりきりになるといろいろ訊《たず》ねてきた。

「猫とか好き？　私のウチ、四歳のアメショがいるよ」

「昨日、お父さんがチョコレート買ってきてくれたの。一緒に食べない？」

「漫画本、なに読むの？　好きなのあれば貸すよ」

ピカソは毎回、H美さんへなにかを献上しようとした。その様子はむかし読んだ絵本の『泣いた赤鬼』を思いださせたそうだ。

「どの誘いもやんわり断っていました。ほかの子に仲がいいと思われるのが怖かったし、彼女の必死な姿がなんだか痛々しく思えて」

そんななか、ピカソと物の遣《や》り取りではない会話をしたことが一度だけあった。

「前に住んでたところって、どんな町だったの」

ある日、ピカソにそう問われたH美さんは、以前暮らしていた町の名を告げる。途端、ピカソの顔がぱあっと明るくなった。

「そこって、××美術館があるよね。××の画《え》が展示されてるんだよね」

ピカソが口にしたのは町にあるちいさな美術館と、そこに常設されている絵画だった。H美さんですら学校の社会科見学でしか足を運んだことのない、地味な施設とつまらない絵。それをピカソが知っていることに、彼女はたいそう驚いたのだという。

「私……ピカソって言われてるでしょ。〝じゃあ、あだ名のもとになったのは、どんな人なんだろう〟と思って、本屋さんにあったピカソの画集を読んでみたの」

そこからピカソは絵画の素晴らしさに目覚めたこと、自分も家でノートにたくさん絵を描いていること、将来は美術関係の仕事に就くのが夢であることなどを笑顔で話した。

「まっすぐな瞳《ひとみ》でね。笑うと、そんなに傷が気にならないな。チャーミングな顔だなって思ったのを憶《おぼ》えています」

なれるといいね。

ぽろりとH美さんが零《こぼ》した言葉に、ピカソの顔がいっそう明るくなった。

悲劇は、その翌月に起こる。

「五時間目が終わった直後の、休み時間のことでした」

女子とおしゃべりに興じていたH美さんは、ふと教室の後ろの騒がしさに気がついて振りかえった。

ピカソの机を男子数名が取り囲んでいる。縮こまるピカソと対峙《たいじ》しているのは、虐めの首謀者である男子生徒だった。

「お前、チョーシこいてんじゃねえぞ」

ただならぬ雰囲気に耳をそばだてる。男子生徒はどうやら五時間目におこなわれた図画工作の授業で、教師から「彼女の絵を参考にしなさい」とピカソから教えを乞《こ》うよう指導されたらしく、それに激高しているのだと解った。

「お前、ちょっと絵が上手《うま》いからってフザケんなよ」

「私は……普通に描いていただけで」

「なんだよ。じゃあ俺の絵は、普通に描いたお前の絵よりも下手だってのかよ」

「そんなこと」

ピカソの言葉を遮って、男子生徒がしまったばかりの絵の具箱を取りだす。チューブをばらばらと机にぶちまけると、男子はピカソへ絵筆を突きつけた。

「お前ピカソだろ。絵の天才なんだろ。だったら自分の顔を塗って、肌の色を同じにしてみろよ、天才なんだから。ほら、とっとと塗れってば。塗れ、塗れ、塗れ」

まわりの男子が手拍子を叩《たた》いて「塗れ」コールを連呼する。声は次第にほかの生徒に伝播《でんぱ》して、まもなく教室は「塗れ」の大合唱になった。ピカソはしばらく俯《うつむ》いていたが、やがてチューブから筆の先へ絵の具を落とすと、無言で自分の顔へ塗りはじめた。

「私は必死に止めた……のであれば、美しい話なんでしょうけど……実際は違いました。私も、手拍子を叩いていたんです。囃《はや》していたんです。笑っていたんです。怖かったんです」

五分後、顔を絵の具でべたべたにしたピカソは、泣きじゃくって教室を飛びだした。

「机に垂れていた絵の具まじりの涙のしずくが、いまでも印象に残っています」

そしてピカソはそれきり不登校になり、卒業まで姿を見せなかった。


現在、H美さんは関西のデザイン事務所に勤務している。

会社はおもにアート関連の書籍デザインを手がけており、彼女は美術書全般を任されているそうだ。

「ある夜、ひとり事務所に残ってレイアウトとか色校チェックをおこなっていたんです。そしたら」

部屋の隅、インテリアランプの脇に半透明の女が立っていた。女は少女といっても良いくらいの年齢で、H美さんを十秒ほど見つめてから、どろり、と消えた。

「パレットの絵の具が水流で溶けていく、そんな感じの消え方でした。はじめは、疲れの所為で幻を見たと思っていたんですが……」

それからも女はときおり出現した。あらわれるのは決まってH美さんがひとりのとき。

じっと見つめてから十秒ほどで消えるのも一緒だった。

「当初は驚くだけでしたが……人間ってスゴいですね、そのうちに慣れはじめたんです。それで何度目かの遭遇の際、おっかなびっくり観察したんですよ」

薄暗がりのなか、少女を見つめる。

「あっ」

よく見なれた、おもかげがあった。

稲妻のように細く盛りあがった桃色の傷。頬から首筋にかけて刻まれた縫い跡。下手なグラデーションを思わせる、異なった皮膚の色。

「ピカソ」

思わず漏らした声に少女はちいさく頷《うなず》いてから、ちょっぴり表情をやわらげて消えた。

その日を最後に、ピカソは姿を見せていない。


「翌週、当時の同級生に電話で訊ねたんです……ピカソ、やっぱり亡くなっていました。中学校へ行かずに自室で絵を描き続けて……十六歳のときに。心不全だと聞きましたが、真相は……解りません」

話半ばでH美さんは一瞬言葉を詰まらせてから、「それでね」と呟《つぶや》いた。

「事務所で見た彼女、怒っていなかったんです。嬉《うれ》しそうで、でも寂しそうで。まるで、自分がかなえられなかった夢……美術の仕事に就いた私を喜んでいるみたいな表情で」

怒ってくれても良いのに。

責めてくれても良いのに。

沈黙する私を前にして、H美さんは嗚咽《おえつ》を漏らし続けた。

「そんなことで許されるとは思っていませんが」

次に帰省したときは、ピカソの家を訪ねて仏壇に手を合わせるつもりだそうだ。

# 第九十六話　待合所にて

　ある春の昼下がり、雑誌編集者のY氏は故郷へ向かうために、待合所のベンチで長距離バスを待っていた。もっとも、たまたま取材先の企業が地元にあったというだけで、実家に帰省する予定はなかったのだという。

「よいひですね」

　ふいに声をかけられて隣の席を見ると、老人が座っている。いつのまに隣へ来たのかと一瞬ぎょっとしたが、午後も早い時刻とあっておどろおどろしさは微塵《みじん》も感じない。老人が着ていた仕立ての良いスーツも、怖さとはまるで無縁に思えた。

　こんな陽気で、怪しいものなど出るはずがない。自分が気づかなかっただけだろう。己へ言い聞かせたと同時に、再び老人が「よいひですねえ」と繰りかえしてから前をしめした。指さした先には、反対方向へ向かうバスの停留所がある。その標識のまわりで、子供ふたりが追いかけっこをしていた。卒園式でもあるのか、小綺麗《こぎれい》ないでたちだったそうだ。

「よい、ひです」

　老人の言葉に、改めて目の前の景色を眺める。

うららかな日射しと、その下で戯れる子供たち。駆けまわる足許《もと》では、フキノトウが芽を吹いていた。空のどこかで、ヒバリがさえずっている。

「そうですね」と頷いて、目を細めた。

ふと、気づく。子供たちからすこしばかり離れた場所に彼らの両親とおぼしき男女が立っている。男性は上下黒いジャケットに同色のネクタイを締めており、女性も黒手袋を嵌《は》め、ベールの垂れ下がった帽子を被《かぶ》っていた。

あ、喪服か。葬式に行くのか。

「おくられるには、よいひです」

優しい声にふたたび視線を向けると、隣席には誰もいなかった。

喪服の家族は間もなく到着したバスに乗り、去っていったという。

「もしもし、オレ。あのさ、今晩ちょっと寄るわ……や、親父と酒でも飲もうかなって。理由なんてないってば。なんとなく……そういうのも良《い》いなと思っただけだよ」

Y氏からの唐突な連絡に、実家の母親はたいそう驚いたそうである。

# 第九十七話　鬼の台所

女性作家のIさんから、こんな体験を聞いた。数年前の出来事だという。

彼女は作家であると同時に、妻であり母である。現在も暮らしている夫の実家へ嫁いできたのは二十年以上前、はじめはその外観に愕然《がくぜん》としたそうだ。

「だって、一見して旧家の佇《たたず》まいなんです。聞いたらゆうに築五十年は経っているって。周囲も古い城下町だし、町育ちの私にとってはタイムスリップしたような気分でした」

年季の入った襖《ふすま》にすっかりと角の取れた柱、継ぎ目が磨《す》り減っている廊下。はじめこそ、「なにか出そうな」旧家の雰囲気に怯《ひる》んでいたが、そこは住めば都、結婚して十年も経つころには「歴史のある家のほうが落ち着く」と考えるようになっていた。

「友達のマンションへ遊びに行くとなんだか落ち着かなくて。〝あんなに古いとなにか出るんじゃない〟なんて改築を勧めてくる人もいましたが、笑い飛ばしていましたね」

そんな、ある日。

台所で夕飯の支度をしていたIさんは、視線を感じて包丁を止めた。

主人が帰ってきたのかしら。首を傾げながらおもてをあげる。

視線の先に、顔があった。

軽石のような肌、黄色に濁っている眼球。隆起した頬骨と、唇を裂いて突き出た牙《きば》。

鬼だった。絵本などで目にする鬼そっくりの顔が、目の前で彼女を睨《にら》んでいた。

「きゃあッ」

思わず声をあげ、包丁を投げ捨てる。

ふたたび視線を戻したときには、鬼の顔はどこにもなかった。

なに、いまの。

しばらくはその場で震えていたIさんだったが、動悸《どうき》がおさまるにしたがい「なにか見間違えたのではないか」と、冷静さを取り戻しはじめた。

人間の脳というのは理解できないものを見ると、自分の知っているものに変換して記憶するというではないか。ならばあの鬼も、光の加減を脳が誤認したのに違いない。

Iさんはそのように結論づけた。作家というのは、意外にリアリストなのだ。


ところが、そんな彼女の持論は早くも翌日に覆される。

また、出たのである。

時間こそ午後のはじめと昨日より早いものの、場所は同じ台所、人間離れした形相も一瞬で消え失《う》せるところも共通していた。

「鬼はその後も毎日のようにあらわれました。そのたび大声をあげてへたりこむんです。あの凶悪な顔だけは、何度見ても慣れませんでしたね」

次第にIさんは、「鬼はこの家に憑《つ》いているのではないか」と考えはじめる。

あんな恐ろしいものが連日出現するのは家か自分に原因があるとしか思えない。だが我が身には、なにひとつ心あたりがない。とすれば、この家に鬼を招く因縁があるのではないか……そんな仮説を立てたのである。

「夫や姑《しゅうとめ》には言えませんでした。だって、知りたくもない家の秘密を聞く羽目になるかもしれないでしょ。そんなものを知ったが最後、もう平気な顔で暮らせませんから。毎朝、今日は出てこないでくれと祈っていましたね」

祈りも空《むな》しく、鬼は一日も休むことなく忌まわしい姿を見せた。それに伴いIさんは、閑静な雰囲気を好ましく感じていた我が家が、次第に禍々《まがまが》しく思えてきたのだそうだ。

「やっぱり古いのが駄目なんだ、もう建て替えよう、でもどうやって夫と姑にそのことを言おう……そんなことばかり考えて。いま思えばかなりマイってたんだと思います」


ところが、騒動は意外な形で決着する。

ある日を境に、鬼はぷっつりと姿を見せなくなったのである。

「どうしたのかと不思議に思って……鬼があらわれなくなった日の前後、周辺でなにか変わったことが起きていなかったかを聞いてまわったんです。そしたら……」

起きていた。

地区にある檀家《だんか》寺で、遺産相続の争いが発生していたのだという。

「ご住職が亡くなってからご住職の息子と後妻さんが遺言を巡って毎日大喧嘩《げんか》していたらしくて。私はそのころ《鬼》で疲れ果てていたので気がつかなかったんですが、殺してやるとか死んでやるとか、近所まで聞こえるほどの怒鳴りあいをしていたみたいで」

そして、住職の息子は本当に死んだ。

遺産の大半が後妻の相続になると決定が下された翌日、本堂で首を吊《つ》ったのだという。

「腹いせだったみたいです。もともと精神面で問題がある方だったとか……寺をすんなり継げなかったのもそのあたりが原因だと、あとになってから知りました」

鬼が消えたのは、まさしく住職の息子が死んだ日であったそうだ。

「鬼の顔と寺の騒動の間に関係があったのかどうか、確かめるすべはありません。ただ、あの顔は単なるお化けなんかではなくて、人の《業》みたいなものだったんじゃないか。私はそんな気がします。直感ですけど」

そこまで一気に話してから、「それで……」とIさんは続けた。

「私は当初、鬼の顔は亡くなった住職の息子さんだと思っていました。でも、最近ふと考えるんです。もしかしたらあれは、後妻さんの顔だったんじゃないのかしらって……」

肝心の後妻は最近になって、寺に併設されている母屋を新築したという。ときおり若い男が入っていくのを、Iさんも目撃しているそうだ。

余談である。

騒動からしばらく経って、彼女は姑に一連の出来事を知らせたのだという。姑は黙って話を聞いていたが、ぽつりと「仏の反対は鬼だものね」と言ったきり、あとはもう、なにも口にしなかったそうである。

# 第九十八話　桜別れ

前述の女性作家、Ｉさんは昨年の春に最愛の母親を亡くしている。

「養護施設に入っていたんですが、そこから電話がありましてね。まあ齢《とし》も齢でしたから、覚悟はしていました」

電話を終えるや、遺体を引きとるためにマイカーで施設に向かう。花冷えの朝だった。施設へ続く道沿いを五分咲きの桜が埋めていたが、どれも例年に比べて色が薄く思えた。

「精神的なものだろうとは思ったんですけど、〝嗚呼《ああ》、人間ってショックで色覚が失せるんだな〟なんて静かに驚いたのを、いまでも憶《おぼ》えています」

母のなきがらは、施設の別棟にある霊安室に安置されていた。

「数秒間、そこに横たわっているのが自分の母だと解りませんでした。数週間前にもお見舞いに来ていたはずなんですけど……生気がなくなるのか、死んだ人って表情が変わるんですね」

すっかりちいさくなった身体、薄くなった頭髪。入れ歯を外しているためだろうか、顔もいちだんと痩《や》せ細って見える。

変わり果てた母親をしみじみ眺めながら、Iさんはひそかに戸惑っていた。

悲しみ、寂しさ、虚無感など、負の感情がまったく湧きあがってこないのである。

「はじめは〝まだ実感が湧かないだけだ〟と思っていたんです。突然の出来事に感情が麻痺《まひ》しているんだろう、なにせ色覚が失せるくらいだもの、なんて考えていました」

だが、次第に彼女は「そうではない」と感じはじめる。遺体はあるものの、母はそこにおらず自分の背後に浮かんでいる。そんな感覚が消えなかったのだという。

施設が手配してくれた霊柩車《れいきゅうしゃ》で母とともに帰宅すると、その思いはいっそう強くなった。玄関、居間、寝室、廊下……。いたるところに、つい今しがたまで母が立っていたような気配があったのだそうだ。

「説明が難しいんですけど……〝母はすぐ近くにいる〟って実感があるんです。オカシくなったかと混乱しましたが、そんな戸惑いもすぐに葬儀の忙しさで掻《か》き消されて」

ふたたび母の存在を思いだしたのは、通夜での席だった。

読経《どきょう》のなか、Iさんは焼香をすませる参列者を眺めながら、なにげなく遺影に向かい手を合わせたのだという。

おかあさん、お友達がたくさん来たよ。良かったね。

心のなかで呟《つぶや》いた瞬間、彼女の髪の毛を誰かが、ふさ、と撫《な》でた。

「室内ですから風なんて吹いていません。あれは確かに指の感触でした。ずいぶんと細くなってしまっていたけれど、幼い頃に撫でてくれた母の指にそっくりでした」

やっぱり、すぐそばにいるんじゃないかしら。

そんな予感を強めつつ、彼女はもう一度合掌した。


母が亡くなってから四日目、彼女の予感は確信に変わる。

「葬儀翌日、行きつけの整体院を訪ねたんです。普段から座り仕事で患っていた腰痛が、慣れない着物と葬式疲れで悪化しちゃって……ただ、実は理由がもうひとつあって」

そこの院長先生ね、「視《み》える」人なんですよ。

院長は六十に手が届くかといった齢の男性で、腕の確かさでも評判だったが、「霊が視える」と公言して憚《はばか》らないことでも知られる人物であったそうだ。

「先生、実はね……」

診察台へうつぶせになったまま、Iさんは「さて、どう切りだしたものか」と迷いつつ、おそるおそる口を開いた。

「お母さん、亡くなられたのかな」

彼女の台詞《せりふ》を遮って院長が呟く。驚きのあまり、Iさんは叫びそうになったという。

「アナタのまわりを、ぐるぐると回っている女の人がいるんだよ。薄紫の髪留めをした、優しそうな顔の女性だよ」

確かに母は薄紫のバレッタを愛用していた。Iさんが二十代のころにプレゼントして以来、二十年以上も大切にしてくれていたものだった。

やっぱりいるんだ。

だから、ちっとも寂しくないんだ。

初七日の朝。Iさんは法要のために寺を訪れた。

「地方によっては初七日に僧を家へ招き、仏壇の前で経をあげてもらうらしいですが、私の暮らす地域では親族が寺へ赴くのがならわしとなっていたんです」

読経に耳を傾けながら、穏やかな心のままIさんは目を瞑《つぶ》っていた。と、ふいに本堂のなかを風が吹き抜け、おもわず彼女は目を開けた。

「え」

眼前に座っている僧の袈裟《けさ》が、先ほどまでと違う。

数分前に目撃したのは、もっと落ち着いた色の袈裟であったはずだ。それが今ではぎらぎらと光る真紫のそれに変わっている。

袈裟だけではない。蓮花《れんげ》の装飾、金色に塗られた本尊。はては木魚や鉦《かね》、自分の嵌《は》めている数珠《じゅず》まで、すべての色が濃くなっている。

どういうことなの。

呆然《ぼうぜん》としながら周囲を見まわしていた彼女は、窓の向こうの景色に目を奪われた。

数えきれないほどの桜の花びらが、境内を舞っていた。

どれも、眩《まぶ》しいくらいに鮮やかだった。

嗚呼《ああ》、そうか。

死んだあとの世界には色がないんだ。あれは、母のまなざしだったんだ。

あの桜の道を走っていたときから、母は私の近くにいたんだ。

じゃあ、今は。

「おかあさん」

おもわず呟いた言葉と同時に、両目から涙があふれだした。たまらなく寂しい気持ちが、一気に胸を埋める。

ようやく、母は逝ったのだな。

嗚咽《おえつ》を漏らしながら、彼女は合掌し続けたそうだ。

「翌週、整体院の先生に聞いたら〝もういないよ。初七日が過ぎて、アナタはもう大丈夫だと思ったんじゃない〟と言われました。もうすこし長居してくれても良かったのに、と思いましたけど……まあ、こっちにいるときからサッパリした性分の人でしたからね」

Iさんは話を終えると、まなじりを指で拭《ぬぐ》ってから微笑んだ。

# 第九十九話　窓の彼方《かなた》に

H君は、昨年まで自分の部屋からほとんど出ることのない生活を送っていた。いわゆる、引きこもりである。

「大学を中退して以来ですから、まる十年ヒッキーでしたね。最初の半年は焦る気持ちもあったんですが、それを過ぎると自堕落な生活が心地よくなっちゃって」

明け方までネットゲームに興じ、陽がのぼったころ床に就く。やがて昼過ぎに起きると戸口に置かれた食事を口にして、再びパソコンの前で夜を明かす。そんな毎日だった。

「おなじことを繰りかえしていると、時間の感覚が麻痺するんですよね。一週間も十日も半年も解らなくなる。しまいには、いまが何月かもぼんやりしてきちゃうんです」

両親からは何度となく働くよう説得されたが、そのたびH君は暴れた。茶碗《ちゃわん》やグラスを破壊し、そこらにあるものを手当たり次第に投げつけて蛍光灯を割った。

H君自身が小学校のときに両親へ贈った似顔絵をびりびりに引き裂いて以降は、父母もなにひとつ言わなくなったという。

「自分でもこのままじゃ駄目だとは理解していたんです。ただ、親に言われるとカッとしちゃって……途中からは〝こんなクズを産んだお前らが悪い〟なんて叫んでいました」

両親は彼の暴挙を恐れ、息をひそめて暮らすようになっていたそうだ。

ある、秋の午後だった。

「や、たぶん秋あたりじゃないかなってだけで正確な月日は解りません。なにせ、昼夜も季節も関係ない暮らしでしたからね」

両親の留守を見計らい、彼は階下のトイレへと向かった。

ついでに冷蔵庫からなにか食べるものを持ってこよう。そんなことをぼんやり考えつつ階段を下りていた彼の鼻に、ふと、懐かしいにおいが届いた。

甘い、やわらかな香り。

庭に面した階段の小窓から、そのにおいは漂っていたという。

「すぐにピンときました。キンモクセイです」

家の庭には、一本のキンモクセイがあった。彼が子供の頃に植えられたそれは、初秋になると橙々《だいだい》色の花をいっぱいに咲かせ、家じゅうが芳香で満たされたものだった。

香りに刺激され、遠い記憶がよみがえる。家族旅行で訪れた海水浴場の風景、運動会の重箱に詰められた卵焼き、クリスマスの朝に枕元へ置かれていた赤と緑の小箱。若かった父親の背中と母親の笑顔。湧きあがる思い出たちにまじって、昨晩目にした、土気色の顔をした父と、脅えたまなざしをこちらに向ける母の姿が浮かんだ。

「……なんで、こんなことになっちゃったのかな」

階段の半ばにしゃがみこんだまま、H君は声をあげずにしばらく泣いた。

「床屋代もらって……あ、借りてもいいかな。面接にぼさぼさの髪で行ったらさすがにマズいでしょ」

その夜、彼はひっそりと夕飯を食べていた両親のもとへ姿を見せ、小声で呟《つぶや》いた。

父と母がどんな顔をしていたかはあまり憶《おぼ》えていない、とH君は言う。もしかしたら、その言葉は彼なりの照れ隠しであったのかもしれないが、ともかく彼は働く意志を両親に伝え、その宣言どおり、およそ二ヶ月後に近所のコンビニでアルバイトをはじめる。

「社会人の方には、〝二ヶ月もかかったのかよ〟とか、〝バイト程度で偉そうに〟なんて笑われるかもしれませんが、自分にとっては大きな一歩でしたね。おかげさまで店長に気に入られて、いまでも勤務を続けています」

バイトをはじめて一ヶ月目の夜、彼は初任給でケーキをふたつ買うと、家で待つ両親へそれを渡した。

母親が涙ぐみながら、「嘘みたい」と顔を手で覆う。その様子を眺めて鼻をすすりながら、父親が「それにしたって、どうして突然働く気になったんだい」とH君に訊《たず》ねた。

「べつだん理由なんて……まあ、しいて言えばキンモクセイのおかげかな」

わざとぶっきらぼうな態度で、彼はことの次第を説明した。階段に漂っていたにおい、キンモクセイ、よみがえる思い出。感傷的になって自分が泣かぬよう注意をはらいつつ、H君は淡々と話し続けたそうだ。

ところが、両親ははじめこそ頷《うなず》きながら聞いていたものの、途中から怪訝《けげん》な表情になり、説明が終わるころには顔を見合わせはじめたのだという。

「……どしたの。そんなに、くだらない理由だったかな」

不安になった彼がそう漏らすのとほぼ同時に、父親が口を開いた。

「あの樹、もうとっくにないぞ」

驚く彼に、キンモクセイは数年前に根腐れをおこして倒れかかっていたため、植木屋に引っこ抜いてもらった旨を父が告げた。

「お前はそのころ、もう部屋に閉じこもっていたから気づかなかっただろうが……」

父の言葉に驚きながら、H君はふらふらと庭に面したリビングの窓へ歩きだした。そういえば外へ出るようになってからも、あの樹を見た記憶がない。

じゃあ、あの日のにおいは。

混乱しながら開けた窓の向こうには、かつてキンモクセイが植えられていたあたりに、ぽっかり暗闇が広がっているばかりであったそうだ。

「……あのキンモクセイ、死んだ祖母《ばあ》ちゃんがお前の七五三祝いに贈ってくれたんだよね」

呆然《ぼうぜん》とするH君の背後で、母親が漏らした。
ふたたび彼は泣いた。今度は、声をあげて泣いた。
話を聞いてから数ヶ月後、H君から「契約社員になりました」との報告が届いた。
《現在の目標は、貯金でちいさなキンモクセイの樹を買うことです》
メールがそんな言葉で結ばれていたことを、最後にお知らせしておく。

# 第百話　ヲわリ

　読者の女性から届いたメールである。

　その夜、彼女は怖い話が九十九話おさめられている、いわゆる「百物語」の本を布団に潜ったまま読んでいたのだという（残念なことに、私の書籍ではないそうだ）。

　夢中になって読みふけり、最後の一話を読了したときにはすでに日が変わっていた。

　達成感をおぼえつつ、ページを閉じる。

「もぉイちわでヲわリ」

　間延びした子供の声が布団のなかから聞こえたと同時に、みしみしという足音が廊下から聞こえた。

　驚いて戸口へ視線を移す。わずかに開いた扉の隙間から白い指が消える瞬間だった。

　その日は電気を消さず、布団を被《かぶ》って朝を迎えたという。

　以来、夜に怖い本を読むのがめっきり苦手になってしまったそうだ。

本書は書き下ろしです。

# 無惨百物語《むざんひやくものがたり》　ておくれ

黒木《くろき》あるじ

角川ホラー文庫　19192

平成27年５月25日　初版発行
令和６年12月５日　４版発行

発行者――山下直久
発　行――株式会社KADOKAWA
〒102-8177　東京都千代田区富士見2-13-3
電話 0570-002-301（ナビダイヤル）
印刷所――株式会社KADOKAWA
製本所――株式会社KADOKAWA
装幀者――田島照久



●お問い合わせ
https://www.kadokawa.co.jp/（「お問い合わせ」へお進みください）
※内容によっては、お答えできない場合があります。
※サポートは日本国内のみとさせていただきます。
※Japanese text only



ISBN978-4-04-103016-5 C0193

# 角川文庫発刊に際して

角川源義

第二次世界大戦の敗北は、軍事力の敗北であった以上に、私たちの若い文化力の敗退であった。私たちの文化が戦争に対して如何に無力であり、単なるあだ花に過ぎなかったかを、私たちは身を以て体験し痛感した。西洋近代文化の摂取にとって、明治以後八十年の歳月は決して短かすぎたとは言えない。にもかかわらず、近代文化の伝統を確立し、自由な批判と柔軟な良識に富む文化層として自らを形成することに私たちは失敗して来た。そしてこれは、各層への文化の普及滲透を任務とする出版人の責任でもあった。

一九四五年以来、私たちは再び振出しに戻り、第一歩から踏み出すことを余儀なくされた。これは大きな不幸ではあるが、反面、これまでの混沌・未熟・歪曲の中にあった我が国の文化に秩序と確たる基礎を齎らすためには絶好の機会でもある。角川書店は、このような祖国の文化的危機にあたり、微力をも顧みず再建の礎石たるべき抱負と決意とをもって出発したが、ここに創立以来の念願を果すべく角川文庫を発刊する。これまで刊行されたあらゆる全集叢書文庫類の長所と短所とを検討し、古今東西の不朽の典籍を、良心的編集のもとに、廉価に、そして書架にふさわしい美本として、多くのひとびとに提供しようとする。しかし私たちは徒らに百科全書的な知識のジレッタントを作ることを目的とせず、あくまで祖国の文化に秩序と再建への道を示し、この文庫を角川書店の栄ある事業として、今後永久に継続発展せしめ、学芸と教養との殿堂として大成せんことを期したい。多くの読書子の愛情ある忠言と支持とによって、この希望と抱負とを完遂せしめられんことを願う。

一九四九年五月三日